CUMBIA
PARA UN
INGLÉS

CUMBIA
PARA UN
INGLÉS

NICOLÁS GOSZI

Ganador del Primer Premio
Playboy México y Ediciones B 2012
de Novela Latinoamericana

EDICIONES B

México D.F.•Barcelona•Bogotá•Buenos Aires•Caracas•Madrid•Montevideo•Miami•Santiago de Chile

Cumbia para un inglés

1ª edición febrero de 2013

D.R. © 2013, Nicolás Goszi
D.R. © 2013, Playboy México S.A. de C.V.
D.R. © 2013, Ediciones B México S.A. de C.V.
 Bradley 52, Col. Anzures, 11590, México, D.F.

www.edicionesb.mx

ISBN 978-607-480-403-4

Todos los derechos reservados. Bajo las sanciones establecidas en las leyes, queda rigurosamente prohibida, sin autorización escrita de los titulares del copyright, la reproducción total o parcial de esta obra por cualquier medio o procedimiento, comprendidos la reprografía y el tratamiento informático, así como la distribución de ejemplares mediante alquiler o préstamo público.

Notas editoriales

Ediciones B México

ESTAMOS COMENZANDO una nueva era digital en la industria internacional del libro por lo que es necesario ampliar nuestro catálogo de autores para comercializarlos en todos los formatos, tanto electrónicos como impresos. Los premios y las convocatorias para el fomento de cualquier género literario tienen que ser una de las tantas vertientes para engrandecer el mercado latinoamericano.

El objetivo del Primer Premio Internacional de Novela Playboy Ediciones B 2012 es encontrar obras inéditas que puedan publicarse en cualquier país de habla hispana, fomentar su posible traducción a otros idiomas y promover su distribución en todas nuestras casas en Latinoamérica.

Los invitamos a seguirnos en www.edicionesb.com.mx

YEANA GONZÁLEZ LÓPEZ DE NAVA

Playboy México

A lo largo de seis décadas, Playboy ha incentivado la creación literaria y publicado a las mejores plumas contemporáneas. Por eso, este concurso de novela latinoamericana no hace más que refrendar lo que somos y el camino por el que queremos seguir. Contar historias es una forma de decir lo que la sociedad es. Y en eso, tanto el periodismo como la literatura tienen un papel fundamental.

GABRIEL BAUDUCCO
Director Editorial de Playboy México

a Mare Bousquet, mi madre,
y a la memoria de mi padre, Alejandro Goszi

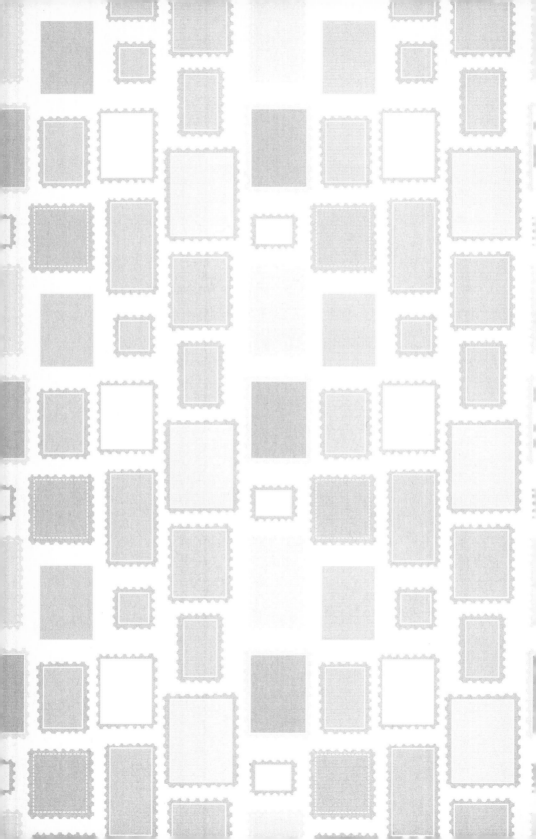

AGRADECIMIENTOS

A Matías Serra Bradford por su paciencia y consejos; a Eliana López por estar cuando todo se caía y haber contribuido, entre otras cosas, a que terminara este libro; a Claudio Cinti, Marcelo Dujovne, Agustín Torre, Martín Sivak, Marcos Cittadini, Eduardo Colimodio, Emmanuel Lequeux y Pièrre Bisseuil por sus lecturas atentas y comentarios; a Anthony Reynoldson por ser mi familia en el exilio y fuente de inspiración para esta novela.

I

El avión calcó varios círculos en el aire y encaró el último descenso, o eso era lo que indicaba su marcha vacilante, porque no se veía nada más allá del colchón blanco que cegaba las ventanillas. Constantemente frenaba, perdía altura, aceleraba, alzaba la trompa, volvía a frenar, bajaba otro poco. Era una indecisión eterna y de repente el tren de aterrizaje tocó el asfalto. Ésta fue la primera impresión que Chris tuvo de Buenos Aires. No vio ni el Río de la Plata ni el estadio del mundial '78 ni calles que se extinguieran en la pampa, no vio nada de cuanto había imaginado pero tampoco tuvo tiempo de lamentarse; sus compañeros de travesía empezaron a aplaudir como si celebraran un triunfo, con exclamaciones y silbidos. No pocos desobedecieron la disposición de permanecer sentados hasta que el Boeing se hubiese «detenido completamente». Miró el reloj: catorce horas de vuelo. Y un poco más también, incómodo en ese espacio mínimo, casi perverso, donde había agotado su paciencia en busca de una posición que le permitiese, si no dormir más de diez minutos seguidos, al menos evitar contracturas y calambres. Más de uno le hizo una seña cómplice que no comprendió, y él, por no desentonar, devolvió una sonrisa idiota. Se respiraba un entrañable espíritu de complicidad, en cuestión de segundos habían pasado del tedio y la antipatía a un optimismo contagioso.

Después de la aduana un tumulto de gritos y risas lo aturdió. El abrazo exagerado, la gesticulación profusa, el lagrimeo de toda esa gente conformaban un remolino indiscreto y tenaz. Empujado sin que nadie le pidiera disculpas, asistiendo en primer plano a la intimidad de aquellos desconocidos, se libró de un barullo para meterse en otro. Como si hubiese olvidado en segundos el español aprendido durante meses, le faltaron las palabras ante la avalancha de taxistas que lo detuvo para imponerle sus servicios. Más que la rapidez, era el tono con el que hablaban y una actitud corporal intimidatoria. Hubiera querido ignorarlos pero no existían trenes del aeropuerto a la ciudad, y casi lo mismo costaba el minibús y el remís, así que negoció con el más amable o menos hostil de los taxistas, quien no tardó en bajarse del precio pretendido por sus colegas. Cerrado el acuerdo, el chofer cambió gentilmente sus modales al punto de ayudarlo a cargar los bolsos hasta la parada de taxis.

El taxi, un Peugeot 504, le llamó la atención; sin duda era un diseño europeo pero nunca lo había visto, ni siquiera en Francia. Algo de arqueológico y de contemporáneo convivían en ese coche, construido a espaldas de la moda, que desatendía o despreciaba las nuevas tendencias y se empeñaba en modernizar un modelo viejo. La combinación de pintura negra y amarilla resaltaba bajo el cielo lechoso y lo hacía más extravagante.

Al salir del aeropuerto el chofer señaló unos arcos de futbol que apenas se adivinaban en la niebla a la izquierda de la autopista y le informó que ahí entrenaba la selección nacional. El inglés precario y titubeante lo suplía con predisposición y un gran esfuerzo para hacerse entender, porque excepto dos o tres palabras extranjeras, el hombre no disponía de otro idioma que el castellano. Hubo una primera pregunta que Chris no comprendió, y enseguida se escuchó a sí mismo explicando que venía de Inglaterra, que no estaba de vacaciones, que planeaba quedarse unos cuantos meses. Cordial, diplomático, el taxista juzgó interesante el hecho de que un inglés decidiese vivir en Buenos Aires, sobre todo luego de la guerra de las Malvinas. Y quiso saber sobre la vida en Gran Bretaña. Este hombre amigable nada tenía en común con aquél de la negociación en el aeropuerto; como los pasajeros antes y después del aterrizaje, resultaba inverosímil que fuese la misma persona. Por no enredarse en una explicación incómoda, porque tanta confianza le parecía inoportuna, mintió que había venido para estudiar español y conocer de cerca la tierra del tango, cuna de Maradona y de Borges.

En un semáforo, tras salir de la autopista, dos tipos subieron al taxi y le encajaron una Ruger en el estómago:

—No te muevas o te quemo —mandó el que empuñaba la pistola.

—¿Entendés lo que te dice? ¿Eh? Hablá más fuerte, pelotudo —lo apuró el otro—, ¡y no me mirés, carajo, mirá pa' adelante!

Sin tiempo de atinar a nada, Chris quedó en medio de los delincuentes, inmóvil. Fue una maniobra ágil, ejecutada con rapidez y precisión. No había superado el asombro de que un desconocido le abriese la puerta, cuando el segundo ya había ingresado por la otra. Y todo a plena luz del día, en presencia de automovilistas y peatones. Con absoluta naturalidad, como si no ocurriese lo que estaba ocurriendo, el taxista obedeció la luz verde y reanudó la marcha sin darse vuelta ni siquiera una vez. Chris lo buscaba en el retrovisor con la esperanza de encontrar un gesto o al menos una mirada comprensiva. Poco le duró esa esperanza, pues el chofer se apresuró a informar, por *motu proprio,* que el pasajero no era turista, que planeaba quedarse largo tiempo y que tenía tres bolsos gigantes en el baúl.

Toda traición presupone cierta hipocresía, la hipocresía del traidor en la que se funda la confianza del traicionado, y algunas una cuota de egoísmo, pero ésta era ridículamente cobarde; Chris no podía creer lo que acababa de oír. Le preguntaron cómo se llamaba y de dónde venía y le ofrecieron no lastimarlo si se portaba bien.

El asalto lo dirigía Beto, el más viejo. Cata, el menor, parecía acelerado por anfetaminas; en los ojos se le adivinaban varias noches sin dormir. El desarreglo de éste, su rostro desencajado, la nerviosa verborragia, discrepaban con el prolijo y sereno profesionalismo de aquél. La diferencia de estilos fue aún más notoria cuando Cata le sangró la nariz a Chris de un trompazo, sin aviso previo, por haber interpretado que fingía no tener más plata que en la billetera. La cantidad de golpes si no hubiese terciado Beto habría sido incalculable.

—Monei, todo, todo el monei queremos —le explicó señalándole el bajo vientre con el caño de la Ruger.

Chris se desabrochó los pantalones y sacó la riñonera en la que guardaba el dinero. Excepto un modesto fajo, los billetes eran *traveller's cheques.*

—Son de mentira, mirá, este guacho nos quiere cagar, son de mentira —arremetió el ladrón de cabotaje—. No te hagás el vivo, hijo de puta, o queré' que te rompa la cabeza, ¿eh?, qué te pensá', que no me…

—¡Callate, pelotudo! —lo interrumpió su jefe—, son travelerchés.

Hubo un silencio nervioso y enseguida los ladrones se trenzaron en una discusión cifrada de la que sólo podía inferirse su disconformidad con el botín. Beto discutía con Cata y miraba al inglés sin dejar de apuntarle. Empleaban un léxico inaccesible para un londinense especialista en sistemas:

—Teca, no seas pancho, los ratis, que nos guarden, villero, te meto un corchazo.

Te meto un corchazo, debía ser una expresión fuerte porque con esa expresión terminó la pelea. El taxista llamó a Beto por su nombre, impuso calma y estableció los pasos a seguir. Las coincidencias de pronto convergieron en una explicación lógica. Aunque fuese menos lógica la explicación que las coincidencias. Agarraron su tarjeta de crédito; le pidieron la clave para realizar extracciones; la anotaron en un papel. Recuperado el aplomo, antes de bajar, Beto lo miró fijamente y con voz serena le advirtió:

—Si este código es mentira vuelvo y te mato, ¿entendés?

El coche se había detenido en una calle tranquila a la vuelta de una sucursal bancaria en Boedo. No llamar la atención, circular sin rumbo y levantar a Beto cinco minutos después, en el mismo lugar: el plan era fácil. La espera, en cambio, fue un chino. A muchos argentinos todavía les dura el rencor desde la guerra de las Malvinas, sobre todo a quienes no combatieron ni dejaron familiares en las islas, y Cata no hizo nada por disimularlo. Inglesito de mierda, puto, cagón, fueron algunos de los piropos que le dijo aunque no los únicos. Del abrigo sacó una púa precaria y tenebrosa, de presidiario, que alguna vez había cumplido funciones más decentes, como destornillador. Se la puso en la garganta, primero, y después en los testículos y lo obligó a repetir hasta el cansancio que las Malvinas eran argentinas. La pistola se la había dejado Beto al chofer, que observaba el asedio por el retrovisor.

—Cata, bajá un cambio, loco, me vas hacer quedar mal con el Beto y no te voy a traer más, ¿entendés?

—Oia, qué pasa, ¿ahora vos también?

—Yo también qué, boludo, cuántas veces querés que te diga que este chabón es prolijo para trabajar.

—Epa, bueno, está bien, che.

—Claro que está bien, forro.

Chris sintió algo muy similar al alivio cuando por fin apareció, satisfecho, el hombre que lo había amenazado de muerte y que acababa de saquear su cuenta.

El asalto había concluido. Minutos más tarde lo soltaron en una calle debajo de la autopista. El reloj, un anillo, la *notebook*, las valijas, los regalos para Victoria y mil quinientos dólares le costó el viaje de Ezeiza al Centro. Lo habían paseado casi una hora.

Llegó a la embajada británica todavía perplejo. No era pánico. El miedo, la desesperación de sentirse desvalijado, desamparado en tierra ajena, fue anterior, cuando quedó solo en esa calle bajo el puente de la autopista, y después, mientras caminaba a la deriva y sin saber qué hacer, preguntando por la estación de policía, por un banco donde cambiar los cheques de viajero. El pánico había quedado atrás, lo que aún le duraba era la confusión. Por el atraco, claro, y también por la inverosímil hospitalidad de ese hombre, un desconocido al que detuvo para pedirle auxilio y que no dudó en dejar de trabajar y llevarlo a la embajada. Así conoció las «facturas» y el mate, en el coche de ese hombre, mientras le daba una lección sobre la mafia de los taxis:

—Mal de muchos, consuelo de tontos —le dijo—, pero no sos el único. —Además le dio un consejo: el de andar siempre despabilado, porque en Buenos Aires hasta el más gil te acuesta.

La embajada británica ofreció pagarle un hotel hasta que se organizara y la posibilidad de ponerse en contacto con su familia o sus amigos en Londres. Con la nariz todavía hinchada, el labio partido, Chris respondió que le quedaban los *traveller's cheques* y el pasaporte, y agradeció la ayuda pero no la aceptó. Más que nada su preocupación era la tarjeta de crédito que habían olvidado devolverle los ladrones. Y la posibilidad, si es que existía, de denunciar el asalto.

—*What a waste of time* —le avisó un compatriota que esperaba en el lobby de la embajada y que no pudo evitar la intromisión—. *You'll never get back your stuff. And they'll never catch'em. Welcome to Argieland.*

Gary, corresponsal de diversos medios ingleses, llevaba cerca de cinco años viviendo en Buenos Aires.

—*What you've been through this morning doesn't happen every day, but it is not really unusual either; you're not the first and you won't be the last. Trust me. Listen, we can still get your name in the papers tomorrow though... if that's what you want? All it takes is a couple of phone calls.*

—*No, not really, I don't think so. But cheers, anyway.*

—*What about your nose? D'you want to see a doctor?*

En el asalto había perdido su libreta, por eso necesitaba abrir el correo electrónico, para bajar las coordenadas de Victoria. Luego de la reunión de Gary con un diplomático británico, y de que ayudaran a Chris con la cancelación de la tarjeta de crédito, pasaron por la casa del periodista para conectarse a internet. Y de ahí se fueron a un bar.

No era por trabajo ni estudio, había venido a Buenos Aires para cambiar de vida, respondió Chris, aunque planeaba asistir a clases de castellano. Nuevas experiencias, algo intenso, eso buscaba. Su rutina londinense se había convertido en un letargo alienante, más involuntario que aburrido. Después de la secundaria en el norte de Inglaterra tuvo varios trabajos antes de la universidad; durante sus estudios trabajó de maestro de inglés para extranjeros y después, una vez recibido, consiguió un buen puesto en lo suyo, ingeniero en sistemas. No le disgustaba nada en particular de su rutina; el trabajo, el pub, los boliches, la gente con la que compartía casa en Central London estaban bien. Pero la conjunción de esos elementos le resultaba insuficiente. Y, lo peor de todo, tenía la sensación de actuar por inercia. Como si él no se hubiera planteado los objetivos que tanto esfuerzo le costaron conseguir, como si fuera una elección impersonal, una fantasía de otro. Y no quería resignarse, tenía que haber algo más allá de esa vida ordenada y previsible antes de formar pareja o tener hijos. Ya había devuelto el préstamo bancario para los estudios, ninguna obligación lo retenía. Acababa de cumplir treinta y un años. Y ahí estaba, charlando con Gary en un bar porteño.

—Si lo que querés es algo distinto, si estás buscando diversión, viniste al lugar justo. Este país es un agite, como dicen acá.

—¿Un agite?

—Un descontrol, vos sabés, un lío. Y aparte acá hay buen clima, buenas mujeres, buena fiesta, buen fútbol, la mejor carne, te vas a divertir, eso es seguro.

Hablaron del asalto en el taxi, del trabajo de Gary y su experiencia en Buenos Aires, de lo barato que eran las propiedades; Chris le preguntó sobre academias de tango y escritores criollos. Tocado por el susto de esa mañana, en los chistes de Gary, en su acento, encontró la confianza de la costumbre y se relajó. Le había dicho la verdad o al menos no le había mentido: la disconformidad con su rutina londinense era el cincuenta por ciento de la causa de su viaje. Un largo rato estuvieron en el bar bebiendo cerveza. Sólo bebieron cerveza, pero sería injusto decir que no fueron buenos clientes.

Apenas se despidieron, Chris fue a una cabina telefónica. La cerveza le había dado confianza y optimismo y ahora le parecía que el asalto, haber sobrevivido al asalto, lo ayudaba de alguna manera a relativizar sus nervios y quitarle dramatismo a la llamada que finalmente, después de tanto tiempo, estaba a punto de hacer. Fumó un cigarrillo en la puerta, repasando alguna frase antes de entrar, antes de sacudirle el polvo a su español y ponerlo en práctica esta vez con más gracia y mejor suerte que en el aeropuerto.

—Sí, hola.

—Hola, Viki, ¿cómo estás?

—¿Chris? —adivinó luego de unos segundos.

—Sí, mujer, soy yo, ¿cómo estás?

—¿Hola? ¿Chris? No te oigo, hablá más fuerte.

—Sí, mujer, que soy yo, ¿que cómo estás?

—Bien, bien, acá estoy. Qué bueno escucharte.

—Yo también te escucho mal.

—Sí, son estos celulares de mierda.

—¿Cómo estás?

—De puta madre, tío —dijo impostando un marcado acento andaluz—. Oye, macho, qué *paza*, ¿te has olvidao el acento porteño? *Puez* es que no se te reconoce, joder.

—A que sí, a que lo he perdido un poquillo.

—Anda tú, pero qué te ha pasao. *Have you been in Es-pain recently?*

—Sueno fatal, ya lo sé. Tengo que practicar.

—¡Qué grande, Chris! Sos un grosso.

—Escuchame, qué tienes que hacer hoy, después del trabajo, quiero decir.

—Nada, no sé, creo que después del laburo me voy a casa. ¿Por?

—Porque pensaba invitarte a tomar algo.

—¿Cómo a tomar..? ¡Ah nooo, no te puedo creer..! ¿Dónde estás?

—En Buenos Aires.

—No me jodas.

—Posta: me puse las pilas. —Poco a poco, con esmero, Chris empezaba a recuperar palabras y modismos rioplatenses.

—¿Y cuándo llegaste?

—Hoy por la mañana.

—Qué grande. ¿En qué hotel estás?

—Todavía no fui al hotel.

—¿No fuiste al hotel? Son las cinco y media de la tarde, limado, dónde estás ahora.

—En un locutorio, en la Recoleta.

—¿Estás en un locutorio con las valijas?

—No, no, hubo un problema, después te cuento.

—¿Cómo un problema, qué pasó?

—Nada. Me robaron todo, pero no pasó nada, está to-do bien.

—¿Cómo que te robaron? ¿Hola? ¿Me escuchás?

—Te escucho.

—¿Quién te robó?

—El taxista, me robaron en el taxi cuando salí del aeropuerto. Pero ya pasó.

—¿Te lastimaron?

—¿Qué?

—*Did they hurt you?*

—*No, I'm fine. Honestly, I'm fine.*

—¿Por qué no me avisaste que venías? Sos un limado. Escuchame, ¿dónde estás ahora? ¿Tenés plata?

—Sí, tengo, no te preocupas, ¿preocupes?

—Bueno, escuchame bien, ¿tenés para anotar?

—Sí, dime.

—En Santa Fe y Callao hay un bar, justo en la esquina, *it's right on the corner, you can't miss it.* Son dos avenidas importantes, cualquiera te puede decir cómo llegar. Te veo ahí en veinte minutos. ¿OK?

—*OK, see you there.*

Victoria salió agitada de la oficina, sin despedirse, sin completar el informe que la ocupaba. La cartera colgándole de un antebrazo, en una mano tenía el celular, en la otra un cigarrillo. Paró un taxi. Además de agitada estaba nerviosa. Subió al taxi hablando por teléfono. Tomás no podía atenderla, estaba en una reunión; le dejó dicho entonces que la llamara en cuanto pudiese.

A través de la ventanilla miró las veredas mojadas y el pálido cielo de una tarde que ya casi era noche. Chris en Buenos Aires, qué loco. Esta vez no había sido cuento: tal vez vaya antes de fin de año, le había dicho, y ahí estaba. No menos inquietante que compuesto, el pasado perfecto se le vino encima con el sabor de lo reciente. Varias cosas pensó, sin que alguna le sirviera para tranquilizarse y sentir confianza en sí misma. Su celular sonó a pocas cuadras del bar.

—Sí, hola.

—¿Vos me llamaste?

—Ay sí, gordo, no sabés lo que pasó, ¿viste Chris?, está en Buenos Aires y lo asaltaron, le robaron todo.

—¿Quién es Cris?

—Chris, gordo, se llama Chris, no te hagás el tonto, es mi amigo de Londres, ya sabés quién es. Lo asaltaron.

—'Ta, y qué querés que haga.

—Nada, no quiero que hagas nada, ¡Tomás! Era para avisarte que se va a quedar un par de días en casa.

—¿Cómo?

—Eso, que se va a quedar en casa unos días.

—Gracias por avisarme.

—¿Por qué sos así? ¿No te das cuenta que lo asaltaron? Llegó hoy, no tiene dónde parar.

—OK, como quieras. Nos vemos más tarde.

—Pará. ¿Qué pasa, te pusiste mal?

—¿Mal? No, Viki, estás flasheando cualquiera. Escuchame, ahora estoy apurado, no puedo hablar. Después nos vemos, ¿sí?

Acaso hubiera sido preferible, como Chris había planeado, no pasar esa noche en casa de Victoria y su novio; fue el énfasis con el que ella insistió, eso lo hizo aflojar. El énfasis y el arrebato de su hechizo morocho, porque apenas la vio quiso tenerla. La vio llegar sonriente, con paso seguro, con una alegría que le desbordaba los labios. Estaba más delgada que en Inglaterra y había cambiado de *look*: más resuelto, menos *naif*. La diferencia del pelo era notoria. Cuidadosamente descuidado, el carré le acentuaba los rasgos suaves y los ojos miel apenas delineados; no sólo liberaba su belleza, la expandía, la multiplicaba. Los primeros minutos de conversación fueron incómodos, si no tensos. Menos para ella que para él, inseguro de conseguir disimular su pulso acelerado, convencido de que su mirada, sus gestos lo delataban con alevosía. En un periodo de treinta o cuarenta minutos fumó casi medio paquete. Y más de una vez cometió la torpeza de mirarle los pechos, cuyo volumen se adivinaba en el corpiño de encaje blanco, debajo de una camisa blanca, entallada y semitranslúcida.

Las morochas en general tenían la facilidad de cautivarlo, y él había tenido varias, italianas y españolas sobre todo, pero Victoria, quizá por ser latinoamericana, se le antojaba una morocha de verdad, más auténtica, como si fuera probable establecer niveles de autenticidad entre las morochas. Ganas no le faltaron de ser frontal y decirle que ninguna mujer había superado su recuerdo, que desde su partida, a él le parecía estar malgastando el tiempo en Londres, que estaba decidido a vivir en cualquier parte, decirle que había venido hasta el culo del mundo porque la vida es una sola y quería compartirla con ella. Eso le hubiera dicho y más. Pero se contuvo. Sabía que esa táctica de enamorado incondicional y sumiso no le haría ningún favor. Todo lo contrario: pretendientes había de sobra. Con ninguna mujer le convenía aplicarla y mucho menos con una argentina que tenía novio.

Un marplatense con quien compartió casa en Londres le había hablado de un equilibrio sutil. Según aquel consejo (ciertamente extenso y categórico), a las argentinas el exceso de atención les desagradaba tanto como la indiferencia. La clave era mostrar el interés justo: distante al principio y después cariñoso, pendiente.

—Por ejemplo en la calle —le dijo— si las mirás mucho, no les gusta, pero si no las mirás, les molesta.

Siendo inglés Chris no tuvo dificultades en asimilar el primer testimonio del axioma, a diferencia del segundo que le parecía algo rebuscado. Igualmente, la hipótesis del argentino sonaba creíble, por eso Chris planeaba no dormir su primera noche porteña en casa de Viki, para exhibir cierta independencia. Pero tanto insistió Viki que al final él cedió para no despreciar la ayuda.

El piso de Victoria, en Recoleta, era amplio y lujoso sin dejar de ser agradable. Un poco clásica la decoración, tal vez, pero con techos altos y balcón terraza. El inglés reparó en una cabeza de venado y una escopeta, que embrutecían una de las paredes del *living*, y en un jarrón asiático con motivos budistas, quizá indio o tailandés, valuado sin duda en una pequeña fortuna y que discordaba arbitrariamente con los demás ornamentos. Antes de que llegase su novio, ella salió a comprar cigarrillos mientras Chris se duchaba repasando la conversación del bar. Dos momentos omisibles hubo: los nervios iniciales y cuando ella le recordó, con alguna incomodidad, que ya no estaba viviendo sola. Pero salvo esas asperezas mínimas el primer encuentro había sido auspicioso. Ella tuvo el decoro de no ponerlo en aprietos y evitó preguntar por qué había decidido venir a Argentina. Notarla algo distante, menos íntima que en Londres, le pareció lógico; lo inesperado fue que estuviese tan entusiasmada de verlo; era una alegría sincera, pensó, espontánea, de esas que no se pueden esconder. Incluso le pareció intuir en su mirada que alguna chance tenía, que aún le resultaba atractivo.

Tomás ignoraba lo de Londres, creía que sólo habían sido amigos, le aclaró Victoria a Chris. Lejos de molestarle, el británico vio una ventaja en la aclaración: ese secreto le servía de abono para fortalecer la complicidad con Viki y significaba un punto débil en la relación de ella con Tomás. Si su novio supiera del *affaire* las circunstancias serían distintas, menos favorables acaso. Eso sí, por mucho que hubiese insistido Victoria, pensó Chris, no estaría duchándome en este departamento. *For fuck's sake!* Le parecía ridículo estar ahí, aunque el tipo desconociera el *affaire* que él había tenido con su novia, aunque ignorase que había venido a quitársela.

Luego de medirse, luego de un tanteo silencioso durante el cual Victoria monopolizara la conversación, los rivales cambiarían algunas palabras, no muchas, y volverían a sus rincones. Así lo había imaginado el retador. Sin embargo, novio y ex amante se dispensaron un trato correcto desde el primer *round*. La cortesía de Tomás lo confundió. Había supuesto una actitud más latina, menos gentil, antipática incluso, o indiferente en el mejor de los casos. Por eso no se avivó cuando Tomás le dio cuerda con lo del robo en el taxi. No se avivó que le estaba tomando el pelo. Y entró solito, sin resistirse. Tomás no gastó más energía que en escuchar y hacer acotaciones. Pocas frases necesitó para rebajarlo delante de Victoria. Con altura, sin golpes bajos, lo hizo pasar por ingenuo, como si fuera demasiado blandito para vivir en el subdesarrollo.

—Europa no será el paraíso pero te aseguro que acá la vida es más cruda. —Luego volvió a una simpatía cortés y mentirosa, de chico educado, que nunca llegó a ser confianzuda ni estúpida. En la lona, mordiendo un lamento inútil, Chris comprendió que el otro lo había noqueado sin despeinarse, con un revés displicente.

Al día siguiente, para charlar a solas con Chris, Victoria llamó al trabajo y avisó que entraría más tarde. Pero su novio también se demoró en casa y hasta tuvo la inusual atención de llevarla a la oficina.

—Hay que hacerlo más seguido, esto de llegar tarde al laburo —dijo sonriente y antes del beso, mientras desayunaban los tres. Le alcanzó el tiempo además para preocuparse por la nariz del huésped, menos hinchada ahora, aunque todavía, eso era seguro, le iba a doler un buen rato.

Lo despidieron en la puerta del edificio sin que se dejara ayudar con el trámite de la tarjeta de crédito. Una palmadita en la espalda se llevó, y un deshonroso «cuidate». Meses después todavía guardaba su memoria el desaliento que lo acompañó esas cuadras difíciles, cuando encaró con paso incierto a una mañana que se le hacía cuesta arriba, tocado y sin esperanza, con la amargura de pensar qué carajo estaba haciendo ahí.

En el transcurso del día fue recuperándose: si la historia con Viki no prosperaba, al menos ganaría la tranquilidad de haberlo intentado. Esta hipótesis, la más pesimista, era preferible a la cobardía de quedarse en Londres y con la duda. Ese «hubiera», la idea de cargar toda su vida con esa incertidumbre, le resultaba insoportable.

Tomás lo estaba esperando cuando volvió al departamento, poco después llegó Victoria. Les contó que había solucionado lo de la tarjeta y que por la tarde se había visto con el periodista de la embajada luego de caminar algunos barrios en busca de alquiler. Quería establecerse en un lugar fijo antes de conseguir trabajo. Tomás le avisó que en un bar, a la vuelta de su oficina, necesitaban meseros. Y como almorzaba ahí casi siempre se ofreció para hablar con el mánager.

—¿Qué decís —lo retó Victoria—, cómo va a trabajar de mozo?; él es ingeniero.

Esta vez Chris la vio venir y lo atajó. Hasta que le saliese algo en lo suyo, dijo, daría clases de inglés particulares o en alguna academia. De todos modos, contaba con suficiente dinero para vivir sin trabajar durante seis meses.

—¿Qué tiene de malo ser mozo? —se defendió el anfitrión—. Es un trabajo digno.

Nacido en una familia de clase alta, Tomás, como Victoria, había estudiado en uno de esos colegios bilingües, con nombre inglés, de los más caros de Buenos Aires. Con treinta y dos años y una licenciatura en administración estaba al frente de una de las varias empresas familiares y sabía llevarla. Nunca había tenido otro empleo. Por suerte, porque vender ropa o servir mesas le parecía un horror. Dos tipos de seres humanos había para él: los exitosos, que se las ingenian en el arte de ganar dinero, y los desgraciados, que sobreviven con sueldos mediocres. Tal vez sobraran argumentos para tacharlo de esnob pero no de idiota. Rápido, agudo, era audaz y orgulloso además de implacable. Por desenvuelto, quizás, algunas pedanterías le quedaban bien. A favor suyo hay que decir el cariño fiel a sus amistades y su habilidad en el trato con las mujeres. Tenía el pelo castaño, y azules los ojos. Le fascinaban los autos, también los perfumes y los restaurantes. Aunque gastaba en marcas conocidas: pullovers Christian Dior, camisas Polo, era demasiado aburrido para la ropa. Jugaba bastante bien al fútbol y era mejor con los naipes. En el campo de su abuelo aprendió a ejecutar más de una destreza a caballo. Para el baile, hay que decirlo, tenía poca gracia.

El sábado Tomás salió con sus amigos y Victoria con los suyos. Esa costumbre de salir a veces cada uno por su lado le daba aire a la pareja. Así conoció Chris a los amigos de Viki. La noche la empezaron en un bar de Palermo, por fin a solas, donde más tarde se les uniría Natalia, la mejor amiga de Viki. Una vez elegida la mesa, Viki se disculpó un instante y volvió del baño maquillada, con los botones de la blusa abiertos a la altura del escote. Por un momento él pensó que se atrevería a más, pero no se dijeron mucho. El clímax fue cuando ella le preguntó, esta vez con más atención, cuánto tiempo iba a quedarse en Argentina. No poco, respondió, me quedaré lo que tenga que quedarme, y ella le soltó la primera de las dos o tres miradas cómplices que cruzaron. Después ella dijo que conocía gente que podía conseguirle un buen empleo y que iba a hablar con sus amigos y con su padre. Y no hubo tiempo para mucho más porque Natalia cometió la descortesía de llegar temprano.

En el Único, otro bar, Viki le presentó a Robert, Fede, Alex, Paula y Lorena, todos ex compañeros de la secundaria. Recién a las tres y media estuvieron en Pacha, la disco. A Viki y a Chris les fascinaba la música electrónica, a diferencia de Tomás, que prefería Los Redondos. En esa celebración del movimiento que es el baile, fueron reconociéndose de manera progresiva y recordaron, sin decirlo, sus días londinenses. Ya les había subido el éxtasis, estaban a pleno. Pura armonía y conexión. Hasta que el inoportuno Tomás apareció en escena, con sus amigos y con varias botellas de champán, y de un plumazo borró toda la magia. Chris siguió bailando pero de a poco se arrimó hacia donde estaban Fede y Robert porque Tomy, insatisfecho con quedarse hasta el final de la noche, hizo todo lo que pudo y más por no dejarlo a solas con Viki.

Al sexto día en Buenos Aires, contra su pronóstico más optimista, Chris se encontró con que ya tenía casa. El padre de Victoria le prestó un departamento de tres ambientes, bien ubicado, luminoso, con vista a la calle. Y no hubo forma de que aceptara cobrarle alquiler, mucho tuvo que insistir para que lo dejase pagar las expensas. No se conocían, ni siquiera por boca de otro, aunque Victoria algo le había hablado a su padre sobre él. Con Chris, en cambio, la familia nunca había sido tema de conversación. De cualquier forma, para ese hombre que hacía de la confianza un culto, el inglés tenía una carta de presentación inmejorable: su hija. Y en realidad así era, con esos mimos extravagantes, como demostraba su amor paterno.

—Ya está. ¿Viste que no se iba a quedar mucho en casa? —dijo conciliadora.

Tomás le clavó una mirada muda, descreída, y la dejó que se sintiera en la obligación de dar explicaciones. Que le metiese a la fuerza en la casa a un amigo dudoso le había molestado, que hablara con su padre para conseguirle un departamento ya era preocupante. No dijo nada pero de la sospecha pasó a orillar la paranoia. ¿La llegada de Chris había sido imprevista, como le dijeron, o imprevista había sido para él? De golpe vio amenazado su orden cómodo y apacible. Los negocios podían prescindir de la relación con su suegro, claro que no sería un inconveniente menor, pero el asunto no era los negocios sino Victoria, le daba pánico la idea de perderla.

Una vez por semana, a la noche, Tomás jugaba al fútbol con sus amigos, cinco contra cinco, en césped sintético. El espectáculo no era lamentable pero había más amistad que fútbol. Después del partido, durante la cerveza, esa noche se les dio por mofarse de Tomás: no fuera cosa que le arrebatara la hembra.

—Ojo con el pirata, eh, te vas a tener que poner las pilas, man, me parece que te quiere serruchar el piso.

—¿Vos decís que le quiere soplar la dama?

—Y… vos viste cómo son, te roban hasta el apellido: con las Malvinas no les alcanza, son insaciables.

—Tiene razón, Tomy, para mí vino con el serrucho este grasa.

Uno tras otro, lo molestaron un buen rato.

—Vas a tener que ponerle los puntos.

—Y además vienen con espejitos de colores.

—Sí, ojo que encima la juegan de *gentleman*, son de guante blanco. Yo que vos, man, empiezo un curso intensivo de taekwondo.

—De última, boludo, proponele un *ménage à trois* pero que no te deje afuera.

—¿Te lo imaginás comiéndose al inglés? ¿Qué onda, Tomy, no te da para movértelo al inglés?

—Vos te lo querés mover, puto de mierda.

—Tomy, escuchame, Tomy, no te hagás drama…, la del taekwondo es buena, pensalo.

—No, man, mirá, si encima el inglesito lo caga a golpes, mejor que lo traiga a jugar al fútbol y acá lo atendemos.

—No, cualquiera, esa tampoco da; Tomy, Tomy, escuchame a mí, no te hagás drama: hablás con el paraguayo que trabaja de ordenanza en mi oficina y que le mande un par de nenes al inglés.

II

Tenía que convencerla rápido, le quedaba cada vez menos para convencerla de irse con él. De un momento a otro el rumor iba a ser noticia, y entonces, por mucho que porfiase, los días, las horas en Buenos Aires estarían contados. Esa señal esperaba, una noticia, para saber cuándo perderse a tiempo y sin hacer ruido.

Apagó la radio y se echó en el sillón a disfrutar del silencio prolijo y luminoso. Apenas un murmullo intermitente subía de la calle. Por un rectángulo altísimo, casi tanto como el techo, la mañana entraba limpia, calurosa. Acababa de terminar las tostadas con manteca, los huevos fritos y unas lonjas de panceta que se hicieron pasar por bacón. Para él, para los suyos, la comida nunca había sido una complicación. Pero de algún modo tenía que extrañar la patria, pensó sonriente, como si le hubieran contado un chiste. En su caso, añorar la comida denotaba auténtico patriotismo. Puso *Urban Hymns*, subió el volumen y fue hasta el ventanal con una taza de Earl Grey. No hacía falta ser nativo para darse cuenta de que era fin de semana. En las veredas lentas, espaciosas, el vértigo porteño se había ralentizado, igual que en los edificios, donde los vecinos empezaban el día sin apuro, asomados a los balcones. Bajo el formidable azul celeste del cielo, que prometía una tarde espléndida, el sol lustraba las hojas de los árboles y las duplicaba en el asfalto. Ésta era una de las virtudes que más le gustaba de Argentina, la consistencia de su luz, vigorosa, optimista. Optimista y exultante. Porque había algo en esa luz, su fuerza, su vitalidad, que encendía el ánimo. Sobre todo para un inglés como Chris, nacido en Manchester.

En la radio no escuchó nada que pudiese vincularse con lo suyo. Y a esa altura ya sabía que estos informativos, igual que los de televisión, tienen la perezosa costumbre de copiarse de la prensa gráfica. Sabía también que el diario del sábado suele repasar información vieja o irrelevante, pero igual decidió que bajaría al kiosco como todos los días.

Llevaba casi dos años en el país, aunque en ocasiones le resultara inverosímil, pues a veces tenía la sensación de haber aterrizado ayer, a diferencia de otros días cuando la percepción del tiempo se dilataba y le parecía que habían transcurrido no menos de cinco años. Casi dos llevaba y hacía meses que practicaba esta lectura, incluso a veces compraba dos o tres publicaciones. El interés había crecido de manera gradual hasta convertirse en una manía cotidiana. Se trataba de una necesidad, es cierto, pero también había algo de quimera o quijotismo en su persistente ambición de encontrarle una lógica a la realidad argentina.

Una masa de aire cálido, que contrastaba con la frescura del palier, lo envolvió al salir a la calle. Caminó hasta el kiosco de revistas de Rodríguez Peña y Santa Fe. Ahí leyó los titulares de las principales tapas y hojeó algunos diarios al tiempo que charlaba con el kiosquero. Por enésima vez declinó la oferta del anciano y le explicó que no se servía del repartidor porque prefería ir al kiosco. Sobre todo para comentar los partidos de Racing. Sin reírse de él, por supuesto, sino con él, ya que respetaba la estoica paciencia de su hinchada. Hablaron de fútbol, sin desperdiciar ocasiones para embocarse burlas recíprocamente, y al final eligió *Clarín*. Antes de volver al departamento, entró a la panadería en busca de alfajores de maicena pero se acordó de que primero debía pasar por la lavandería. Salió a la calle, otra vez en dirección al kiosco, y entonces le pareció ver a alguien observándolo desde la esquina. La silueta del hombre, o al menos lo que pudo ver de él, había desaparecido tras una ochava cuando volvió a enfocar ese ángulo de la calle. Un reflejo, más que el instinto, lo detuvo bruscamente. Echó un vistazo alrededor. Tardó un instante en reaccionar y esconderse en el umbral más cercano, de donde se asomó para descubrir quién lo estaba siguiendo. Repitió la operación en un local de la otra vereda. Había sucedido muy rápido; no lograba recuperarse del desconcierto ni ordenar las ideas que se atropellaban en su mente. Apuró el regreso a casa.

Quizás ya supieran que él estaba enterado de lo que iba a suceder: no era improbable que la información se hubiese filtrado de algún medio antes de ser publicada, o que hubieran interferido su teléfono o su celular; recursos para averiguarlo tenían de sobra. Un frío le recorrió el estómago. Pero si esta hipótesis era cierta, por qué se limitaban a espiarlo, por qué no lo abordaban directamente. Algo sugería esa indecisión. Sugería, tal vez, que no estaban seguros de su complicidad, que dudaban.

Destapó una Quilmes.

En su contra debía pesar sólo una sospecha: a esos tipos nunca les tiembla el pulso. Sólo una sospecha, no había otra explicación. O tal vez sí. Tal vez ya sabían todo y querían asustarlo para que perdiera la calma, para que una equivocación suya les allanara el camino. Intentó tranquilizarse. Estaba yendo demasiado lejos con sus especulaciones y, en definitiva, no eran más que puras especulaciones. Reconstruyó el episodio una y otra vez. Ese instante, a la vez ambiguo y preciso, era insuficiente para determinar si en realidad lo estaban siguiendo. El límite entre la precaución y la paranoia puede ser sutil, pensó, y en algunos casos difuso. Quizá su resistencia psicológica comenzara a debilitarse, doblegada por una presión inusual para alguien como él. Esta conjetura, aunque preferible, no era menos preocupante que las anteriores. Perder la lucidez significaba exponerse a un error carísimo.

Sonó el teléfono y una sacudida lo arrancó de sus reflexiones, con la sensación incómoda que produce el salto involuntario de la abstracción a la realidad. Por inercia o porque era ineludible, enseguida relacionó el llamado con el episodio de la calle. Ahora el inalámbrico sonaba en su mano. Tal vez sus especulaciones no eran meras especulaciones sino un miedo demasiado razonable. Dejó que respondiera el contestador, por las dudas. La voz de Robert, que lo invitaba a navegar en velero, lo tranquilizó.

Empinó otra cerveza antes de ducharse. El delta del Tigre era un paseo estupendo incluso en los días nublados o bajo la lluvia, por lo que hoy sería indudablemente magnífico. La presencia de Carola, entre otras modelos, que Robert subrayó con ironía, le aportaba glamur al pronóstico de esa tarde. Cuando el clima ayudaba, el Delirius soltaba amarras en San Isidro, donde dormía casi todo el año, y por lo general ya estaba casi ebrio al tocar las aguas del Tigre. Una vuelta llegó a remontar el Paraná, aunque el clima en esa ocasión ni siquiera alcanzaba el calificativo de admisible. Música y otros estimulantes nunca faltaban en ese bote en el que se habían gestado anécdotas memorables. El Delirius era garantía de aventura, sin embargo Chris eligió pasar la tarde en su departamento y luego en la quietud de alguna plaza cuando el sol ya hubiese bajado. A Robert y a los chicos los vería por la noche, en la fiesta de Verónica. Dos llamadas más, una de Fede y otra de Robert, quisieron tentarlo sin suerte.

Después de la ducha, le pareció una buena idea almorzar desnudo, y desnudo siguió tomando cerveza, echado en el sillón, sin apuro, mientras el sol trepaba los muebles y le entibiaba el cuerpo, domesticado por una delgada cortina. No estaba arrepentido; en cualquier caso, preocupado, pero no arrepentido. La preocupación, razonable, no era sólo por él, también por quienes lo rodeaban, ella incluida, lógicamente. Esos tipos son capaces de cualquier cosa cuando se alteran; y él les había ahogado la fiesta. Había millones en juego: era un asunto pesado. Pero si Dios o alguien rebobinara los últimos meses de su vida, verían que él haría otra vez exactamente lo mismo. Otra vez se le atrevería al odio omnipotente y rencoroso de esos señores. Aunque alguna vez las tuvo, ya no le quedaban dudas. No, no se arrepentía.

III

A DISCRETA VELOCIDAD, por el carril del medio, el 504 bicolor cruzaba la brumosa mañana hacia el oeste. Ninguna sospecha causaban a las patrullas de la Federal el taxista y los pasajeros apócrifos. Sin embargo, adentro del Peugeot los tres hombres discutían fuerte. El chofer intentaba mediar, pero Beto seguía indignado con Cata. Siempre se le daba por las preguntas retóricas cuando tenía que ponerle los puntos a alguien.

—¿Con quién carajo pensás que estás laburando, forro? ¿Tengo pinta de villero yo? ¿Eh? La concha de tu hermana, negrito de mierda. ¿Me ves pinta de villero a mí?

—...

—¡Mirá vos!... así que sos polenta y te hacés el malo. ¿Quién te dijo que le pegaras al inglés? ¿Eh? Contestame, imbécil, ¿yo te dije que le pegues?

Contento por la plata que habían trabajado hoy, Cata miraba a través de la ventanilla y pensaba en su parte. El sermón del viejo era una molestia en el oído. Más de lo que su adolescencia insolente podía resistir.

—¿Cómo queré' que te conteste si hablá' vo' solo, titán?

—¿Qué te pasa, forro? ¿Qué sos rápido?

—Y... más que vo' seguro.

En la cara, un golpe corto le acomodó Beto, sin mucho recorrido, y el pibe tardó en recuperarse. Tenía apenas 17 años; de cuerpo era tres veces más chico que su jefe cuarentón.

Más joven, Cata era más ágil y menos prudente. Su mano derecha, amotinada, buscó la púa en el bolsillo del abrigo. La buscó para herir o incluso para matar, pero no llegó a sacarla: la gravitación intimidante de una Ruger KP 90 y el sentido común lo frenaron.

—Ni se te ocurra o te quemo.

Buscando los ojos del taxista en el retrovisor, el delincuente maduro habló con calma.

—¿Me querés decir, Ruso, de dónde sacaste este mamarracho?

—Lo levanté en el bar de Tito.

—Claro, ya veo. Y escuchame una cosa, pelotudo, lugar más mechero que ese no encontraste, ¿no?

—¿Y qué querés que haga? No encontré a nadie. ¿A quién querías que trajera, boludo?

—Qué sé yo... al Pocho, por ejemplo.

—El Pocho hace meses que no pinta, andan diciendo que lo guardaron.

Pocas cuadras después, el taxi salió de la avenida y agarró por una calle más quieta. Cata protestó cuando Beto le dijo que se bajara, pero no encontró protección en el Ruso, que sólo atinó a una disculpa:

—Yo te dije. La cagaste, loco.

Era bueno ese trabajo, una lástima que lo hubieran despedido el primer día. Una lástima, pero no daba para insistir. Al tirarle el billete de cien dólares en la cara, Beto había sido claro:

—Te vuelvo a ver y te quemo, hijo de puta.

Cuando el taxi se perdió en la niebla, Cata caminó hasta la parada del colectivo. Caminó con paso lerdo y una idea fija: sin fierro no sos nadie. Estaba caliente porque no le habían dado lo que le tocaba del botín. No se puede laburar desarmado, pensó. Un 38, una 22, lo que fuera, pero algo tenía que conseguirse.

Cerca de Suipacha y Lavalle, en una cueva mal disimulada como agencia de turismo, Cata cambió los cien dólares por cien pesos. Se dio el lujo de comer un menú en McDonald's y después compró diez Guaymallén de chocolate y dos Suchard de tapa dura. Siempre le gustaron los alfajores. Ya de chico le gustaban, en la escuela, cuando no tenía plata para comprarlos y se pasaba todo el recreo mendigando mordiscos.

La cocaína la fue a comprar a San Martín, una bolsa de cinco gramos, porque se la servían bien y porque mejor no conseguía. Cuarenta minutos el pase, le duraba. Nada que ver, como decía Cata, con la mierda puro corte que vendían en la villa de su barrio y que ya ni blanca era.

De San Martín volvió a su casa, en el suroeste del Conurbano, y pasó la tarde en el bar de Tito, donde ganó y perdió al metegol, y en una de las varias llamadas que hizo lo invitaron a una fiesta. No recordaba cuántas horas llevaba sin dormir (eran tres días y dos noches), así que decidió tomar unas cervezas tranquilo y comer algo. Antes de salir para la fiesta, peinó una línea en una de las mesas del fondo.

Cata tomó el colectivo y se bajó en la otra punta de una noche pálida. Los árboles, los postes de luz, los escasos edificios se recortaban en la empañada claridad del cielo. Para él las calles de Munro eran una incógnita; varias vueltas dio antes de encontrar la fiesta en una casa de dos pisos, bastante descuidada, con pocos muebles y muchos estimulantes; llena de mujeres y cumbia sonando a pleno. El que la alquilaba se la había prestado a un amigo del amigo que organizó la fiesta. Tuerca le contó a Cata que ahí había mucha gente del palo, y por los coches estacionados en la puerta, se notaba que a esa gente le iba bien. La voz de Gilda decoraba el lugar.

Desde el sofá viejo y roto, en el que oía al Tuerca decir su historia sobre el desarmadero de coches y el arreglo con la policía, Cata le echaba el ojo a unas piernas. Y no era el único. De pelo largo, con minifalda negra, el top negro sin hombros y rojas las sandalias de taco alto, la mujer bailaba sensualmente ensimismada.

En toda la casa había droga y en la planta alta, además de droga, había sexo. Parejas y tríos ocasionales se formaban *in situ*. En una de las habitaciones, Luca estaba con Miriam, la novia de un ex socio. Miriam era delgada, más bien corta de estatura, teñida de rubio, con la piel trigueña y bronceada por la cama solar. La gimnasia le había moldeado a la perfección un cuerpo ya irresistible por naturaleza, que los amigos de sus padres le miraban incómodos desde que tenía quince años. Su cara era desatendible, pero se había operado y quería lucir sus novedades. Los pezones le asomaban a través de un corpiño transparente y minúsculo. Sin quitárselo, tomó las manos de Luca y las posó en su estrecha cintura:

—Agarrame así —le dijo.

El vientre delgado hacía más deslumbrante la exuberancia del busto. La gravitación de sus pechos era imponente. Lo recostó en la cama, boca arriba, y se reclinó sobre él para besarle el tórax. En segundos sintió cómo se endurecía el pene entre sus pechos. Se irguió, con la espalda apenas arqueada hacia adelante, y se quitó el corpiño en la cara de Luca.

—¿Te gustan? —le dijo.

Se los apoyó en las mejillas y en la boca y bajó despacio hasta la entrepierna. Ninguna inhibición la retenía.

—¡Ay, guacho, qué pedazo tenés! Me vas a matar.

Además de teatrales, los gemidos y los gritos de Miriam eran contagiosos. Tenía el pubis teñido de rubio y le dijo que se lo había depilado para él. Ella arriba, él abajo, fue la primera de las varias posiciones que ensayaron. Miriam le pidió que la penetrara de pie: se calzó los tacos, le dio la espalda y, separando las piernas, se le ofreció.

En la planta baja, la chica de minifalda negra y zapatos rojos estaba con una amiga. Sus piernas preciosas habían atraído a un morocho grandote que pretendía seducirla, mientras un amigo de él abordaba a la amiga de ella. Sonriente, la chica se le negaba al morocho, moviendo la cabeza, pero seguía bailando con él.

Luca peinó unas rayas (le gustaba tomar después del sexo) y bajó las escaleras con la satisfacción de lo prohibido; de lo prohibido y lo gozado. Miriam, esa fantasía, era la primera vez que se le daba. Uno de sus amigos, el que le sirvió fernet con cola, le avisó que su novia andaba preguntando por él. No lo preocuparon el seguro reproche y la celosa desconfianza que ya intuía. Estaba de buen humor. Nadie hubiera dicho el escándalo que armó dos minutos más tarde.

—¿Qué sos pelotudo?, la concha de tu madre. Te querés chamullar a mi mujer.

Una cabeza por lo menos le sacaba, aparte de tener brazos más largos, el morocho grandote al que de pronto vio bailando con su novia.

—¿Qué te pasa, moco, qué me venís a apurar?

—Pará, Luca, cortala—, suplicó la mujer.

Un trompazo en la boca del estómago dobló al grandote, que quedó sin aire y más pequeño. El segundo golpe, inmediato, le hizo perder el equilibrio antes de que Luca lo agarrara de la melena y de un tirón lo planchase en el suelo.

El amigo del morocho quiso intervenir, pero no fue de mucha ayuda.

—No te hagás el polenta—, le dijeron, poniéndole en la frente el caño de una Ballester Molina 11,25. Y enseguida el imprevisto culatazo de otra pistola lo tumbó también a él.

—¡Basta, Luca, ya fue! —insistió una voz estéril.

Los dos en el piso, una multitud de patadas albergó cada uno. Se la dieron entre varios y sin asco. Como si fueran esas pelotas de fútbol que hay en los parques de diversiones, un *punching ball* de pie. De cualquier cosa lo podrá acusar, el morocho a su compañero, menos de ingratitud y oportunismo. Igual cantidad de fracturas se llevaron de esa paliza.

Apenas recuperaron el control de sus cuerpos, los desafortunados galanes decidieron ponerse en pie y huir de la fiesta. No les importó hacer un papelón delante de las mujeres que pretendían seducir. Se conformaban con estar vivos; y no era poco, habían llegado a creer que morirían en esa paliza. Varias cuadras les duró el susto, recién entonces tuvieron tiempo para la bronca.

—Cagones —sintetizó Roche, un amigo de Luca—, se hacen los gallitos y salen corriendo.

Los tipos eran del barrio, averiguó alguien. Y nadie consiente que le alcen la mano en su barrio; mucho menos uno de afuera y delante de todos. Por eso a los agresores les pareció prudente ahorrar balas y volver al sur. Pero antes se sirvieron otro fernet con cola, mientras fumaban marihuana, para que nadie dudara de quién había ganado. Miriam lo interceptó a Luca en la puerta.

—Un macho como vos tiene que estar bien atendido. Llamame —le dijo en voz baja. Y por encima de su hombro, miró sonriente a su novia, sin disimulo, con suficiencia.

Luca, su novia y la amiga de su novia subieron a un Volkswagen Golf con vidrios oscuros y agarraron la General Paz. ¿Por qué la había dejado sola tanto tiempo?, con este reclamo empezó la rabieta. Le dijo que estaba cansada de él y de sus amigos, no importaba a dónde fueran siempre armaban quilombo; ya se lo había dicho mil veces, pero siempre era la misma historia. Diversas explicaciones intentó él y ninguna la convenció de volver juntos al sur del Conurbano.

—¿Para qué vas a lo de tu hermana? ¿Para que te hable mal de mí?

—Por mí no se preocupen, yo me tomo un taxi —se incomodó la amiga.

—Vos venís conmigo a lo de mi hermana; y vos, pancho, callate, porque al final lo único que hacés con tus pelotudeces es darle la razón a mi hermana.

A su manera, Luca estaba enamorado de su novia y le tenía admiración, ya que sería difícil hablar de respeto. Ella, aunque más joven, le había enseñado mucho. Sabía manejarse con soltura entre la gente bien. Era distinta, una persona decente. Luca pensaba que si él fuera así, el trabajo le resultaría más sencillo. Nadie, ni siquiera el más suspicaz, sospecharía de ella aunque se pasara horas estudiando una joyería.

Cuando el Golf estuvo frente al departamento de su hermana, en La Boca, Lula despachó la última queja:

—¿Sabés qué?, en el fondo me das lástima, boludo. Te hacés el pillo y sos un pancho. ¿Qué te pensás, que no me di cuenta que me dejaste sola porque estabas con la puta de Miriam? ¿Eh? ¿Qué pensás, que soy idiota? Andá, andá a llamarla ahora, pancho. Seguro que te dio el teléfono.

Y lo dejó hablando solo, con una excusa a medias en la boca.

Miriam, la muy perra, qué necesidad tenía de ir a darle un beso delante de su novia, pensó Luca. Seguro que iban mal las cosas entre Miriam y el Diente; muy bien no podían ir con ese sobrenombre. Cada vez más gordo estaba el gordo. Y cada vez más ciego por la comida y por la merca, que se le subía a los párpados obesos y no lo dejaba ver la realidad. No eran pocos los que le habían cepillado la mujer. Luca había oído incluso que una vuelta llevaban días de gira y por una bolsa de diez gramos se la entregó al Toro Alvez, un *dealer* superdotado y vicioso que solía pagar sexo con droga.

Mucho coraje y pocas luces tenía el Diente. Luca lo conocía bien porque habían sido socios cuando se dedicaba a las salideras de banco. Un anormal, un loquito pura furia al que no le daba el cuero para cosas serias. Lo distinguían una aptitud innata para amedrentar a las víctimas y la incapacidad de tener ideas inteligentes. La discreción tampoco era lo suyo. No servía para moverse sigiloso dentro del banco y fichar clientes que realizaran extracciones interesantes. Eso lo hacía un señor con cara de abuelo dulce, un viejito que marcaba las presas manchándoles la ropa con mostaza, cuando se prohibió el uso de celulares en los bancos. Lo del gordo era el apriete, seguir a las víctimas y abordarlas en la calle. Para eso era bueno, para meter caño. La gente lo consideraba capaz de cualquier cosa y aflojaba enseguida. Algunos se ponían a llorar. Y otros iban más lejos, como ese empresario que se meó los pantalones. ¡Gente grande, che!, qué feo andar mariconeando así, se burlaba el gordo. Luca manejaba la enduro en la que perseguían a las presas. Tres mil, cinco mil pesos se llevaban, como mucho; nunca arriba de diez. Los que hacen alto botín en las salideras tienen un contacto adentro, alguien del personal que les informa las extracciones fuertes. Ellos lo sabían, pero nunca consiguieron un entregador. Esta carencia y la tozudez del gordo acabaron por disolver la sociedad.

Ahora Luca era la cabeza de una banda prolija, ejercitada en robar comercios y casas particulares en barrios pitucos. Cuatro o cinco delincuentes la constituían; por lo general, siempre los mismos. Desde hacía unos meses, se dedicaban a restaurantes y bares de nivel.

Se trataba de una empresa fértil, sin embargo él la consideraba transitoria. Que ahora no estuviera para fantasías del tipo falsificaciones, boquetes, blindados, no significaba que fueran imposibles. Luca empezaba a comprender que la delincuencia puede ser un arte. Muchas, millones de ideas tenía; se la pasaba imaginando maniobras para el futuro. Sabía que él estaba para más. Pero también sabía que le faltaba experiencia en jugadas serias. Y no quería desperdiciar esos proyectos. Ni regalarlos. Proponérselos a quienes ya estaban en ese palo era regalarlos, así no se hacen los negocios. Por eso quería foguearse primero en una banda importante, quizás no la del Gordo Valor, pero sí una con logística profesional, capaz de conseguir camionetas, uniformes y armas largas; capaz de meterse en una fábrica y llevarse el dinero de los sueldos. Claro que para eso hay que invertir y hay que manejar alguna información, como saber el día de pago, cuántos custodios transportan la plata, la hora, el recorrido. Hay que operar con precisión y hay que tener contactos, además de un aguantadero para armar todo y otro para guardarse un tiempo después del golpe.

No era que estuviese trabajando mal ahora, pensaba Luca, sino mucho. Demasiado quizás. Y ya había aprendido que lo mejor es exponerse poco.

Después de la fiesta, al día siguiente se juntó con el Fusta para que le mostrara un restaurante en Martínez. Les habían pasado el dato de que ese restaurante facturaba lindo. Y la noche anterior el Fusta había ido a estudiarlo con una chica. Era costumbre hacer el reconocimiento del lugar en compañía de mujeres porque les parecía menos sospechoso. Se cuidaban de no llamar la atención, ni por su aspecto ni por la cuenta. Sin pecar de tacaños ni de presumidos, pedían entrada, segundo plato, el vino de la casa y postre. Eso les encantaba a las chicas, que ignoraban el verdadero móvil de la invitación.

Pasaron dos veces por la cuadra del restaurante, despacio pero sin detener el coche. Más que nada, Luca quería repasar las calles y las avenidas por donde iban a huir; lo demás estaba listo, confiaba en el Fusta y en el resto de sus compañeros.

Es importante poder confiar en los compañeros de trabajo. Sobre todo en el gremio del hampa, en el que un descuido puede traer la cárcel o la muerte. Por eso no le gustaba trabajar con extraños.

La única vez que trabajó para la policía fue cuando estuvo preso y porque otra no le quedaba. Nadie le preguntó si quería colaborar o no, simplemente le dijeron lo que tenía que hacer. Lo habían encarcelado por robo a mano armada y resistencia a la autoridad. La suerte quiso que no limpiara ningún poli en el tiroteo, antes de rendirse. Eso lo quiso la suerte; el que decidió que saliera a robar cuando estaba detenido fue el oficial Rossi, un *self-made man*, hombre ingenioso y emprendedor, siempre abierto a nuevas ideas que sumasen un extra a fin de mes. Con astucias de esta índole, Rossi pagaba comodidades que su sueldo no consentía. A Luca le tocó salir un par de veces, junto con otros presos. Normalmente eran dos o tres. Salían de la cárcel a atracar una casa o un local ya definido, en una zona liberada por la policía, y regresaban a la cárcel con el botín. Era inusual que algún agente distraído cometiera la indisciplina de estorbarlos. Fácil, muy fácil la historia, contaba Luca, un paseo. Las armas las proveía el brazo de la ley, el mismo que los había detenido por robar y por impertinentes. Andar metiendo la nariz en negocios ajenos, ¡pobres idiotas! Ningún detalle se desatendía. A los ladrones seleccionados les faltaba poco para cumplir la condena y, por supuesto, los guardianes del orden conocían el domicilio de sus familiares. Por las dudas, para hacer las cosas como se debe, les recordaban eso cada vez que salían a hacer los mandados.

Llenar bolsillos ajenos con el sudor propio no era lo más triste. Ni lo más lúgubre. La palabra de un policía vale lo que un cheque sin fondos. O menos. Nunca tomar por sincera la confianza de un poli. Luca conocía esa premisa. Las veces que le hizo los mandados a Rossi, lo persiguió la premonición de un disparo tramposo que lo borraría del mundo.

En esos pasillos siniestros, donde la violencia enseña el predominio del más fuerte, hay que aprender a elegir en quién se confía (hasta los más zonzos fuman debajo del agua) y hay que estar siempre alerta. Es precisamente ese recelo, el instinto de preservación, origen de favores y lealtades entre convictos.

Además de no perder la práctica, la cárcel le permitió nuevas conexiones para la reinserción laboral. Así lo conoció al Fusta, amigo de un tipo que compartió la jaula con él. Todavía hoy le cuesta explicarse por qué no lo buscó al Fusta apenas quedó libre.

Como muchos delincuentes, Luca prometió que no volvería a prisión cuando lo soltaron. Al principio consiguió un sueldo miserable en un lavadero de coches. Y al poco tiempo casi rompe su promesa en San Martín, en un asalto desprolijo que terminó con tiroteo y fuga milagrosa. Para no romperla, tuvo que guardarse un par de meses en La Rana.

Había llegado a San Martín a las tres de la tarde, por la General Paz, subido a una historia que no había armado él y que debieron haberla levantado porque hasta el último momento tuvo la sensación de que algo andaba mal, una de esas cosas inexplicables, pura superstición, que te avisan que se va a ir todo al carajo.

Entró a la villa acorralado por las escopetas y las 9 mm de la Bonaerense. Retumbantes, frenéticas. En la confusión de la fuga había visto cómo bajaban a uno de sus compañeros y se había separado de los demás, aturdido, con la idea única de huir. Para que los pibes de La Rana no lo entregasen, buchones hay en todos lados, tuvo que transar con una banda y compartir la plata del robo.

Las villas no le van, nunca le gustaron, pero a veces sirven de aguantadero. En el sentido más literal de la palabra. Barrios de emergencia a los que se puede ir en una emergencia, algo así le explicaba al Fusta. Por eso tiene contactos en varias villas, además ahí recluta tropa. O reclutaba, para ser más preciso, porque últimamente no le hace falta, gracias a Dios. Hay mucho mechero en la villa, decía con displicencia, mucho arrebatado que se quema al toque. No les importa nada; son puro vértigo. Se bajan de una moto y a los tiros entran en cualquier lugar, sin estudiarlo, sin idea de cuánto puede haber en la caja, ni dónde está la comisaría de la zona. Los más pendejos son los más rabiosos. Y los más desprolijos. ¿Qué prolijidad se puede tener a los quince, catorce años? En los pasillos de la villa se juntan y ahí nomás improvisan el golpe, lo primero que se les ocurra. Un kiosco. Y eso cuando no salen a la deriva. El 38 les queda grande en sus puños infantiles: ni siquiera pegaron el estirón esos nenes. Pero les sobra confianza. Al miedo disimulado lo cubre la euforia, y a la euforia, la ansiedad. Los empuja el coraje del vino con Rohypnol. Si el kiosquero se resiste, Luca gatilleó en el aire una pistola imaginaria, al toque le meten un corchazo. Si pinta la cana, tienen que tomar rehenes y pedir un juez. Eso es lo único que saben. Según él, la cabeza no les da para más, el alcohol y los barbitúricos se la atrofian. Hay que verlos jugar por plata el juego del coraje, quietos uno al lado del otro en las vías, aguantando hasta último momento, con los ojos fijos en el tren que viene de frente.

A él le causaban gracia los intelectuales y los «comunistas» como la hermana de su novia: queriendo hacerles un favor, hablan de los villeros como si fueran personas comunes. ¿Cómo puede ser común una persona que a veces no tiene para comer y vive con siete, once hermanos en una casilla de chapa, con padres alcohólicos y tíos o hermanos que la violan? Qué ganas de hablar al pedo, pensaba, no entienden una mierda.

En un barrio humilde del Gran Buenos Aires, Luca se crió cerca de una villa en la que vivían algunos compañeritos de la primaria. Después de clase, con ellos iba al supermercado a saquear golosinas y Sandys de las góndolas. Arrebataban ligeros, temerosos de que alguien los descubriese. La primera vez que salió a robar con navaja era un mocoso; a los doce empezó a fumar tabaco. La secundaria la abandonó a pesar de su madre, que predicaba los beneficios de la honradez y del estudio, cuando se dio cuenta de que iba a terminar como ella, con un salario pordiosero, si no encontraba otra forma de ganarse la vida.

Antes de cumplir los diecisiete se mudó con un amigo, en Lugano. Más que una casa, Lugano fue su escuela. Ahí aprendió a trabajar. Y ahí mató su primer hombre. Por eso tuvo que irse, por matar a uno que era tropa de un pesado del barrio. Hay quienes aseguran que una falda inspiró el barullo. Pero también parece que el otro se la tenía jurada. Lo cierto es que hubo una mujer, que fue de noche y que estaban tomando mate. La escenografía era un patio petiso, sin revoque, donde acababan de cenar. Los testigos dicen que no terciaron porque no pudieron y que la bronca se cebó ya con los primeros mates. Una zoncera sirvió de excusa para la agresión: Luca limpió la bombilla en su suéter, después de que tomara el otro, y la ronda le festejó el chiste. Del insulto pasaron a las manos, y al ver que lo podían, el otro agarró una botella y arremetió imprudente. En el estómago, le abrió un tajo con un cuchillo de mesa.

Después del exilio en Ciudadela, oeste del Gran Buenos Aires, Luca volvió al sur y pasó un tiempo en Madero, el suficiente para conocer a su novia una tarde de verano, en una heladería, cerca de las camas solares en las que se acicalaba periódicamente con el secreto propósito de adquirir cierto aire a Alain Delon. Ahora andaba de un barrio a otro, entre Capital y Provincia, sin estancarse en ninguno.

Esnifó una línea y salió para reunirse con el Fusta y el resto de la banda en Banfield, donde iban a compartir unas cervezas mientras repasaban pormenores del asalto al restaurante de Martínez. Era jueves. El asalto iba a ser el sábado, junto con el viernes, el día de mayor facturación.

Se puso los lentes oscuros y encendió un cigarrillo; le gustaba manejar. Generalmente escuchando cumbia, aunque también tenía casetes de los Redonditos de Ricota. Con un movimiento sistemático barrió el flequillo de su frente, mirándose en el retrovisor, y con otro se acomodó la camisa. Usaba ropa de marca, en especial camisas informales, y siempre estaba bronceado, incluso en invierno. Las camisas lo hacían verse más importante, por eso le gustaban, igual que los celulares y las zapatillas de moda. Un Rolex le decoraba la muñeca. En una cadenita de oro, al pie de la garganta, una virgen era su amuleto.

Entró al bar y fue hasta la mesa donde lo esperaban los muchachos. Uno por uno, los saludó con un beso. Luca era callado, más bien cortante, pero con los suyos siempre se le daba por el humor. Apenas se sentó lo miró a Roche, el más joven de la banda, que estaba comiendo una milanesa con papas fritas.

—¿Qué hacés, comanche, nunca te enseñaron a agarrar los cubiertos? ¿Y vos de qué te reís, pancho? —le dijo al Fusta—, con esa remera, limosna nos van a dar.

Les decía así para divertirse, porque a todos les causaba gracia, pero más allá de la burla él tenía por menos a la gente sin estilo.

Raras veces salía a la calle desaliñado. También se esmeraba en cuidar los modales y hablar con corrección, aunque no siempre lo conseguía. La redundancia de la frase capicúa y la omisión de la s final, esas odiosas costumbres, se aferraban a él con obstinado énfasis cuando estaba nervioso. En esas ocasiones también solía escondérsele, impronunciable y misteriosa, la c que precede a otras consonantes. Así, se empecinaba en tomar «coletivos» o prescindir de los «protetores». Porque le sonaban sofisticados, con frecuencia empleaba incorrectamente términos cuyo sentido desconocía, capaces de ridiculizar la frase más solemne.

Mediano de estatura, fornido, tenía el pelo corto y la mirada torva. De sus antepasados andaluces conservaba los ojos y la piel marrones, y el manejo del cuchillo, además del fervor fiestero. Sobre la ceja derecha tenía la marca indeleble de un acero filoso y ventajista que lo sangró una noche, cuando entre muchos lo agarraron a la salida de un baile y por poco no la cuenta.

El tiempo le había enseñado los favores de la mesura; ya no era pendenciero ni fanfarrón. Aunque tenía sus días, como cualquiera, como ese día en Liniers cuando un taxista le tiró el coche encima y lo apuró porque Luca lo había encerrado. Quiso disculparse: era verdad que no lo había visto, pero al taxista no le alcanzó con la disculpa. «Pelotudo», le dijo y lo trató de cagón, por hacerse el polenta con el coche y después irse al mazo. Cada vez más horas arriba del taxi, cada vez por menos plata: el tachero necesitaba descargar la furia de otro día nervioso. Al ver que Luca lo perseguía, se dejó alcanzar, desafiante, dispuesto a ponerle los puntos. Pero del desafío pasó al pánico y la súplica, cuando Luca asomó la pistola por la ventanilla y disparó contra las ruedas y el motor del taxi.

Luca conocía de memoria el oeste, varios trabajos había hecho en la zona. Chalets sobre todo, lo mejor de Haedo y Ramos Mejía. Antes de conocer a su novia, mucho antes, en Merlo había tenido una historia con una cuarentona casada, de rasgos elegantes. Una cajera de un mini-mercado con piernas firmes y tetas diminutas. Su erección se veía más grande entre esas tetas delicadas que no necesitaban corpiño. Ella le batió la justa para reventar el mercadito el día de pago. No era gran cosa, ni siquiera transportaban la plata en camión de caudales. Pero festejaron la noche en un hotel, a puro sexo y champán, con merca de postre. A la cuarentona la alucinaba eso de salir con un bandido. La había conocido una tarde que entró a comprar alcohol para una fiesta. Vibrante, divertida, la aventura duró hasta que ella se puso cargosa, demasiado exigente, y quiso dejar a su esposo para irse con él. Hablaba mucho, pero además tenía otro problema, algo difícil de precisar, que la hacía una perdedora nata. Si estando tan fuerte, pensaba Luca, no había enganchado un tipo con plata era porque evidentemente no sabía hacerla bien, una fracasada por naturaleza.

En un barcito de Banfield, el Pelado Núñez insistía con que los viernes se trabajaba mejor que los sábados. Se le había metido en la cabeza que los viernes los restaurantes estaban más llenos y las cajas más jugosas. Nadie le dio mucha cabida, viernes o sábado les parecía igual, pero lo cierto es que no llevaban un registro. Viernes y sábados o domingos al mediodía, lo importante era trabajar el fin de semana.

—Bueno, entonces el Fusta va de campana, que fue el que hizo la inteligencia —dispuso Luca—, él va de campana. Manija y el Pelado, ustedes dos van a las mesas, nada de perder tiempo con boludeces. Roche y yo vamos a la caja, con dos que vayan a las mesas está bien, el lugar es bastante chico. A ver, pasame el plano que hizo Fusta… Sí, 'tá, adonde terminan las mesas está la caja. Una vez que la limpiemos, Roche les va a dar una mano a ustedes mientras yo cubro la salida. ¿Se entendió?

—No entiendo por qué dos a la caja.

—Pelado, no seas cabeza dura, hermano.

—A ver, decime por qué dos.

—¿No escuchá' vo' lo que dijo el Fusta? ¡Es cabezón es! Si hay dos tipos en la caja y va uno solo de nosotro', te arriesgás que alguno de los tipos se haga el pillo, ¿entendés?

—¿Y las mesas?

—Vos no te calentés por las mesa' —insistió Luca—. Roche va' hacer las mesa' que están al lado de la caja, vos y el Pelado se ocupan de las otras. No son muchas, boludo, haceme caso. Está todo bien.

—Tranqui, Pelado —dijo Manija—, tenés que estar tranca como el guacho ese que salió en *Crónica* el otro día.

—El del almacén —adivinó Roche.

—¿Qué almacén?

—¿Cómo qué almacén, marciano, no mirás la tele, vos? ¿En qué planeta vivís? Che, pongan diez mangos cada uno, vamo' a tener que hacer una vaquita para comprarle una tele al Pelado —dijo Manija y sacó veinte pesos de su billetera, riéndose, festejándose el chiste.

—¿Y, forro, vas a contar la historia o no?

La bronca del Pelado causó más gracia que el chiste.

—Resulta que el guacho entró a reventar un almacén, en San Martín, y como había poca guita en la caja, lo encerró al que atendía y se hizo pasar por empleado. Dos horas estuvo atendiendo a la gente, hasta que juntó buena teca y fugó. Dos horas. Un fenómeno, el guacho, más huevos que un toro.

—Ma' qué fenómeno, eso es ser un enfermo.

—Eso es tener los huevos bien puestos, boludo.

—Callate, gil, estás hablando pavadas, ¿cuánta guita pensás que se llevó? Y se estuvo mostrando dos horas. Eso es ser un patológico, los que tienen mal la cabeza, boludo, para hacer eso tenés que estar mal del bocho.

—Acá el único maniático sos vos, que todo el tiempo estás acomodando las cosas y te la pasás rascándote la pelada, por eso se te cayó el pelo, porque sos un maniático.

—Maniático era el chabón de mi barrio que boleteó a su mujer —empezó Roche—. Pero algo de razón tenía, el loco. La mujer le estaba metiendo los cuernos con un albañil de la construcción de al lado. El chabón tenía la manía de pensar que se olvidaba cosas cuando se iba de un lugar. Resulta que el loco sale antes del laburo, al mediodía, y se va para la casa pensando que se había olvidado de apagar la estufa. Entra y la ve a su mujer en la mesa de la cocina, con las piernas abiertas, y el albañil que se la está entubando. Imaginate, el loco agarró el fierro y los cagó a tiros a los dos.

—Bueno, muchachos, entonces: Roche y yo a la caja, el Pelado y Manija a las mesas. El Fusta y yo nos encargamos de levantar el coche. Ustedes acuerdensé de dormir el viernes, nada de venir puestos o esas pelotudeces.

Roche era el más chico de la banda, pero muy maduro para el trabajo. Además de valiente, era comedido y tenía la virtud de la serenidad. Ya había regulado la furia que alguna vez lo llevó a cazar polis, cuando él y otros pibes se habían propuesto una guerra personal con la policía. El primero que bajaron fue por un ajuste de cuentas. Y después les agarró ese metejón. Los sorprendían en la esquina o a mitad de cuadra, descubiertos, medibles, muy fáciles en la vereda y con el uniforme, sin saber por dónde iba a venir el tiro.

El sábado, pasadas las once de la noche, un Volkswagen Pointer estaciona a media cuadra del restaurante, sobre Libertador. Luca y Roche entran primero, con las armas escondidas en la cintura, y caminan tranquilos hasta la caja. Atrás entran los otros, que van hacia las mesas, con las armas en la mano y apuntándoles a los clientes. Se mueven con autoridad, su gesticulación es impetuosa, experta, intimidante. Ordenan bajar la mirada, insultan y gritan que nadie se mueva: los van a cagar a tiros si no hacen lo que ellos dicen. En la calle, el motor del coche encendido, la 45 precavida, Fusta hace campana y se contiene. Un caramelo Lipo gira nervioso en su boca. No le gusta esperar. Su imaginación se acelera, se carga de premoniciones fúnebres y no la controla. Prefiere estar adentro, con la mente ocupada en la acción. Roche vacía la caja ante el asombro impotente del encargado, que ya tenía la .357 de Luca en la sien cuando empezó el bochinche. Manija y el Pelado hacen lo suyo. Relojes, brazaletes, collares, cadenitas, alianzas, meten todo en las bolsas, además de billeteras. Tres minutos y medio dura la película. Salen por Libertador y enseguida buscan las calles de adentro, nadie los sigue. Hoy tampoco, parece, van a usar la caja de clavos miguelito que siempre llevan en la guantera. Cruzan las vías. En una cuadra sin seguridad privada abandonan el Pointer azul que habían levantado para este trabajo. Siempre levantan modelos recientes, son más confiables, de cuatro puertas y veloces, medianos o chicos por lo general, y a dos o tres kilómetros del asalto lo descartan, por si alguien los fichó al iniciar la fuga. Hoy hicieron un botín suculento. Luca y Roche suben a un Peugeot 306. Los demás a un Fiat Uno. Con vidrios polarizados, impecables, los autos se camuflan en la coquetería de Zona Norte. Agarran Márquez derecho, hasta el fondo, y suben a Colectora. En minutos desaparecen por la General Paz.

El domingo amaneció sereno y perezoso, con olor a asado. En las radios sonaba la voz de los relatores de fútbol. Los pibes del barrio iban juntándose para ir a la cancha. Roche desayunó un choripán en un puestito y entró a Fuerte Apache en moto, a comprar merca. Mientras el *dealer* le preparaba la bolsa, pidió cerveza en un kiosco-bar, adentro de la villa, en el que un cartel de cerveza Quilmes sustituía o ahorraba la palabra bar, sobre una pared de ladrillos sin revoque. Al aire libre, en una de las dos mesas de plástico que formaban el bar, se puso a leer la sección *Policiales* de *Clarín*. La nota, de casi una página, decía que cuatro delincuentes entraron a robar ayer, cerca de las 23:15, en un restaurante de Martínez cuando el local estaba lleno. Anotaba el robo de la recaudación y las pertenencias de los clientes, y exageraba que también habían asaltado a las meseras. Según fuentes policiales, a medida que declararan los clientes, se iban a realizar retratos hablados de los ladrones, quienes habrían huido en un Ford Escort blanco. Al cierre de esa edición, no había detenidos. Roche se sirvió cerveza de nuevo. «Un Ford Escort. Blanco», y no pudo contener una sonrisa.

En otro bar de Fuerte Apache, bajo un toldo percudido por el sol, un inmigrante paraguayo negociaba una yapa con sus *dealers*. Diez gramos de cocaína y ciento cincuenta de cannabis la justificaban. De alguna forma debían pagarle el favor de conseguir clientes. La merca y casi todo el porro, él se quedaba apenas con un veinticinco, eran para un tipo del trabajo y sus amigos. Un par de argumentaciones más y finalmente consiguió la yapa, no sin que antes lo cargaran un rato: desde que tenía amigos afuera, paraba cada vez menos en la villa. Y de algún modo era verdad. El puesto de ordenanza en una empresa del microcentro le había cambiado las costumbres. Entraba muy temprano, a la madrugada, y tenía una hora de viaje. Últimamente, la

única travesura que se permitía era fumar porro. Las dro-
gas las compraba para un pibe bien, de Barrio Norte, que
tenía un cargo ejecutivo en la misma empresa en la que él
limpiaba escritorios. El pibe lo había llevado varias veces a
jugar al fútbol con sus amigos y después se quedaban tomando cerveza o quemando locuras. Él sabía que no eran
sus amigos, pero le gustaba que le dieran cabida, lo hacía
sentirse más importante.

IV

VICTORIA Y CHRIS se conocieron un verano londinense en una de las varias escuelas de inglés para extranjeros que hay sobre Oxford Street, cerca de la estación de subte Tottenham Court Road, en el West End. Chris, que aún no se había recibido de ingeniero en Sistemas, aprovechaba las vacaciones para hacer unas libras como profesor y no tenía muchas ilusiones puestas en ese verano; a lo sumo iba a disponer de unos días para visitar amigos en Manchester. La primera vez que se fijó en su alumna argentina fue una mañana que ella se ubicó en los primeros bancos, con una minifalda intencional, y se pasó toda la clase cruzando las piernas. Hacía casi tres meses, desde su llegada a Inglaterra, que Viki no se acostaba con nadie; esta abstinencia y la inexpresividad sajona lograron que se atreviese a una locura que nunca había cometido: encarar a un hombre. Como él ni siquiera amagaba un *approach*, aunque fuera a clase maquillada y con escotes sugestivos, lo invitó a tomar algo una tarde, en el Soho. Una lluvia menuda y oblicua, que cortaba el aire fresco, ensuciaba las veredas y el asfalto y arrimaba los cuerpos debajo de un paraguas chino. Esa misma tarde, con impaciencia, sin quitarse del todo la ropa, hicieron el amor en Kentish Town, donde el futuro ingeniero compartía casa con cinco personas. Viki, la mujer sensata, convencional y obediente hasta el hartazgo, por primera vez se sentía dispuesta a todo.

Más que la pasión por la gramática inglesa, la había llevado a Londres la necesidad de un cambio de aire, el deseo de divertirse, de olvidar preocupaciones porteñas como la universidad, la relación con Tomy, que atravesaba su peor momento, y las fuertes peleas con un padre siempre distraído con otros asuntos.

Chris la rescató del circuito turístico que raras veces superan los estudiantes golondrina y le mostró un Londres más real, menos cinematográfico que las casas victorianas, Westminster o Notting Hill. Tal vez sea cierto que nunca se hubiera enamorado de Chris si fuese argentino, que su admiración por el *look* inglés fue determinante, pero los «hubiera» no cuentan.

A ella le fascinaba la sensación de estar conociendo el Londres profundo, ese Londres de ladrillo a la vista, rojo, marrón o color arena, con *pubs* modestos y barrios de dos pisos, sus calles discretas y angostas, los *greasy spoon cafe*, los minimercados de los árabes.

La relación creció rápido y ganó intensidad, al punto que Victoria dilató su estadía un semestre. Había dejado a los estudiantes extranjeros con los que compartía casa y ya estaba viviendo con Chris en Kentish Town, una estación arriba de Camden en la línea Norte, cuando llamó a Argentina para decir que no sabía cuánto más pensaba quedarse en Inglaterra.

Después de la escuela iban a Kensington Gardens, Hyde Park o cualquier otro verde, donde almorzaban papas fritas con sal y vinagre, y sándwich de cangrejo y lechuga o de queso y cebolla. Salvo calcinantes excepciones no hacía mucho calor, aunque fuera verano, y oscurecía recién a las once de la noche. Él propuso que vieran el sur, el norte y el East End; también paseaban a orillas del Támesis y por el centro de Londres. Ella se demoraba para besarlo o le hacía preguntas como a quién se le había ocurrido construir ese enorme lápiz con reloj junto al imponente Westminster. En Kentish Town, a doscientos metros del *tube*, comió el pollo agridulce con Chao-Mein más rico de su vida, en un oriental tan sencillo que ni siquiera contaba con licencia para vender alcohol. Chelsea y South Kensington eran sus barrios favoritos para caminar.

A veces iban a Camden a ver bandas que mañana serían revelaciones, futuros Oasis o The Verve, pero generalmente salían por el Soho y después enfilaban para algún club o cerraban la noche en lo de Roy, sede de numerosas fiestas privadas en las que se veían los ejemplares más exóticos. Dueño de una empresa encargada de la ambientación musical para pubs, hoteles o locales de moda, Roy tenía una casa envidiable en el corazón del Soho; era gay y no lo disimulaba, pero nunca volvió a insistir con Chris luego del intento de rigor la noche que se conocieron. Un cuarentón simpático y generoso que alguna vez supo darle trabajo al asistente que planeaba estudiar ingeniería, más por ofrecerle una ayuda que por precisar mano de obra. También era algo excéntrico: en su habitación tenía un sillón de peluquero profesional en el que rapaba a sus machos ocasionales. Contra el olvido, un álbum de pelados documentaba esas conquistas. Chris, Roy y Viki seguían a varios DJ's aparte de Auckenfold y de Sasha. Bedrock era el plato fuerte: cinco libras el éxtasis, cinco el *ticket*, y John

Digweed sacando de las bandejas una superposición de so-
nidos exultante. Ella probó el éxtasis una de esas noches;
estaba a pleno con la música electrónica, que sonaba poco
en el Río de La Plata, donde muchos la tenían por frívola.

Aunque al principio se hizo el estrecho, Chris terminó
enamorándose y agotó recursos para retenerla en Londres.
Con su cadencia latina, la morocha lo cautivó en el baile y en
la cama, y borró de su memoria los vestigios de Francesca.

Después del verano exiguo, con el frío vinieron la lluvia y un techo gris y largo, de seis meses si no más, por el
que se escurría una luz flaca, anémica, que además de triste
fue haciéndose demasiado breve. Viki lo notó una vez que
se sorprendió almorzando de noche a las dos de la tarde.
Los días se repetían turbios y el frío no colaboraba. Era un
frío violento, de los que convierten las calles en un azote,
consentido por la insuficiencia del sol, que de vez en cuando asomaba diluido detrás de las nubes. Pero la desgracia
del clima no era la única contra: sin papeles europeos, tenía
chances escasas o casi nulas de conseguir un buen salario.

Demasiado cara, Londres le resultaba privativo. Y Viki no tenía la costumbre de conformarse con poco. Los paseos por el sur y el East End le habían fascinado, pero sólo
como excursiones urbanas. El centro era el único lugar en
que se imaginaba viviendo indefinidamente. Cuando empezó a extrañar en serio el nivel de vida que llevaba en Buenos Aires, se puso como prioridad la carrera de comercio
exterior que había abandonado y armó las valijas.

Casi dos años después volvió a Europa con la excusa
de visitar a Natalia, que estaba estudiando en Bologna, y
pasó varias semanas en secreto con Chris, cubierta por su
amiga. Estuvo más tiempo en Londres que en Italia: fue un
reencuentro idílico. Él le prometió que iría a Argentina en

cuanto se graduase y devolviese el préstamo bancario para los estudios. La promesa se cumplió cuando ella menos lo esperaba, cuando ya se había resignado a la idea de no volver a verlo.

—Pero no, Seba, eso es puro cuento, man. Acá el problema es la idiosincrasia.

—Vos dejá de pagar la deuda y vas a ver. El problema es la dominación.

—El problema es nuestra dirigencia. Si dejás de pagar la deuda, te aislás del mundo. El problema son los empresarios que se cagan en el país y los políticos, que están en cualquiera. Coimas, evasión fiscal, lavado de dinero…

—Nadie te discute que hay corrupción, en eso estamos de acuerdo. Pero lo que pasa es que el FMI viene y te dice podés gastar esto en educación, tanto en salud, sacá esto de acá, poné eso allá. Y vos sabés muy bien que la historia es así.

—¡Y dale con lo mismo! La dominación existe, man, está claro. Pero primero tenemos que resolver los problemas internos y después la dominación, ¿entendés? Escuchame, ¿cómo puede ser que los políticos estén más preocupados en ponerse trabas que en empujar todos para el mismo lado y sacar esto adelante? ¿O no te das cuenta que el país está para atrás? Esto no es Estados Unidos ni Europa, acá no hay margen para lujos. Está bien que discutan y compitan, pero en algún punto se tienen que rescatar. Por eso a los gringos les va bien, porque se tiran con todo pero en las cosas importantes se ponen de acuerdo. En cambio acá lo único que les calienta es llegar y robar grosso. ¿Cómo puede ser que el político que roba no vaya preso? ¿Te das cuenta que es cualquiera? Y no se trata sólo de los políticos o de los funcionarios públicos, que, entre paréntesis, no vienen de Marte ni son paracaidistas de la luna. ¿O de dónde salen los políticos si no salen de la sociedad?

—Pará, te estás yendo a la mierda. Tampoco es tan así.

—¿Ah no? Salí a la calle y mirá entonces. Mirá cuando te para el cana para hacerte una multa y lo coimeás, o mirá en tu laburo. Acá no roba el que no puede, somos todos vivos. Una cosa es no ser jipi y otra cosa es que ni siquiera se respeten reglas fundamentales para la convivencia. ¿O ahora me vas a hablar de la solidaridad de los argentinos? ¡Pero por favor! Ayudar a empujar un coche no significa ser solidario de verdad. Un pueblo realmente solidario no se hace estas cosas.

—Robert, estás meando fuera del tarro, man. Con la guita de la deuda reactivás el mercado interno: el pueblo tiene plata y el pueblo consume, es así de simple.

Sobre el rumor de otras conversaciones simultáneas, ésta fue imponiéndose progresivamente hasta que todos quedaron en silencio, observando a los interlocutores. Por suerte para la anfitriona y los invitados, en la reunión también se encontraba Federico, un especialista en distender conversaciones nerviosas.

—Che, es al pedo que se enrosquen, nadie sabe si nació primero el huevo o la gallina.

—No te asustés, Chris —siguió Federico—, lo que pasa es que Roberto está tramando la revolución y necesita secuaces, no sé si te contó. Piensa tomar Plaza de Mayo con sus alumnos del Saint Charles, todo cuarto y quinto año lo apoyan. Parece que también hay involucrada gente de tercero B. Es grossa la que está armando. Mejor hacete amigo mientras puedas, Robert es el comandante. Comandante Robert.

—¿Me avisás, Robert, cuando pinte el quilombo? —se burló Martín.

—Sí, Robert, no seas grasa, man, chiflanos, así compramos dólares.

Después de soportar con humor la broma, y prometerles un ministerio a quienes se burlaban de él, se acercó a Chris y le pidió disculpas por haber monopolizado la conversación. Lamentaba no haber sabido controlar su verborragia combativa y lamentaba si lo había aburrido con esas idioteces. No, no, al contrario, a Chris le gustaba la Historia y para él eso era exactamente la política, Historia viva, Historia en su estado de gestación más inmediato, como un hierro forjándose al rojo vivo, ¿o no? Robert le cayó bien de entrada, igual que Fede; ambos tenían un sentido del humor semejante al suyo y esta complicidad estableció un vínculo asiduo y sólido que le fue de gran ayuda; sobre todo al principio, cuando tuvo que hacerse al hecho de que Viki viviese con su pareja. Roberto era profesor de Historia, un profesor *décontracté*, convencido de que para vivir en el subdesarrollo resulta imprescindible llevarse bien con la ironía. Federico, menos intelectual, era un compañero formidable para la fiesta, con espíritu hedonista y varias horas de vuelo en la noche rioplatense. La estrategia de Viki dio frutos inmediatos, no muchas reuniones ni salidas tuvo que organizar para que Chris se relacionara con sus excompañeros de colegio. A semanas del desafortunado arribo, el inglés ya tenía casa y amigotes en Buenos Aires.

Lo que le faltaba era precisamente lo que había venido a buscar. Pero al menos no parecía tan inalcanzable como al principio. Aunque no lo habían charlado, ninguno de los dos ignoraba la razón de su viaje, pensaba él. Y que ella se hubiese ocupado de conseguirle casa y amigos confirmaba un interés manifiesto. Varias cosas podía ser Viki, menos *naif*. De no haber querido saber nada de él, habría marcado distancia o directamente se lo hubiera dicho con todas las letras. Tampoco era callada, ni compasiva.

Para no canalizar todo en Viki, así sólo conseguiría agobiarla, apenas instalado concibió una serie de actividades que le confirieran una vida propia, según el plan hecho en Inglaterra. Se anotó en un curso de castellano para extranjeros en la Universidad de Buenos Aires, como le había sugerido Robert, y empezó a dar clases de inglés a domicilio. Pero antes tuvo que salir a renovar su vestuario, porque el falso taxista y sus colaboradores lo habían dejado con lo puesto. El precio de la ropa lo sorprendió, fue la primera señal de que Buenos Aires era una ciudad cara, más que Madrid o Barcelona, más de lo que había imaginado. Gradualmente comenzaba a descifrar su nuevo entorno. Sin duda había una fuerte reminiscencia meridional aunque también del Este y hasta del Norte, no sólo en la arquitectura sino en la gente y en la moda, pensaba Chris, que tenía la impresión de pasar inadvertido por esas anchas avenidas donde el origen europeo parecía prevalecer sobre la herencia latinoamericana. Además de las estaciones de trenes y el tendido eléctrico a la altura del terraplén, que le resultaron familiares, lo asombró el adorno de esas veredas revestidas con baldosas, tan disímiles del asfalto liso y monótono de las británicas.

No ponerse cargoso y hacer su vida: la idea fue eficaz. Apenas mudado, la que llamaba era casi siempre ella y se veían no menos de dos o tres veces por semana. Constantemente se le ocurría adónde ir o qué hacer. Con faldas arriba de la rodilla y taco aguja, algunas veces, y jeans ajustados y zapatillas, otras, siempre estaba «producida», siempre según la circunstancia, sin exagerar, con maquillaje discreto y transparencias o escotes oportunos. Se le notaba radiante; el entusiasmo desbordaba en un derroche de hilaridad. Con Chris se le había dado por la burla amistosa y por la viveza, en una clara demostración de ingenio que él no tardaba en desafiar ni promover. Salvo el inconveniente de nunca verse a solas, el coqueteo estaba en su punto justo. Por eso, y porque él sabía la inconveniencia de dilatarlo, al promediar el segundo mes la invitó a ir de bares, un viernes después de la oficina.

Se afeitó con más esmero que el habitual y se puso su mejor muda: unos *baggies* de corderoy, marrones, que pagó ridículamente caros en la Galería Bond Street, y una remera azul. Esa remera era su lujo. Por ser la favorita, se la había puesto para el viaje y había sobrevivido al robo. El estampado, de frente, era una señal de tránsito en la que se veía la figura de un peatón aplastada contra el suelo, a la altura de la bocacalle, y una cebra de pie que decía *Fuck off!* Una campera blanca de verano, aunque era invierno, remataba el conjunto. No era curioso que en el colectivo la gente lo estudiara: sus pantalones, absurdamente holgados, parecían una bolsa de consorcio y llevaba poca ropa para los ocho grados de sensación térmica. A él también le pareció que los otros exageraban, demasiado abrigados, con bufandas, guantes y hasta gorras.

Llegó primero y se ubicó en la barra. Encendió un Gold Leaf. No había preparado discursos ni frases para la ocasión, incluso llegó a convencerse de que estaba tranquilo. Como siempre, lo mejor era ser natural. O al menos creer que lo era.

Con la primera cerveza había disimulado los nervios cuando vio venir a Viki. Y la segunda se los apagó casi del todo. Ella improvisó un diálogo con naderías domésticas que fue derivando en flirteo y entonces iniciaron las miradas, ese juego característico, si no inevitable, entre dos personas que se gustan.

—¿Qué? —lo apuró ella de repente, sonriendo.

—¿Qué, qué?

—¿Qué mirás, se te perdió algo?

—…

—¿Eh?

—A mí nunca se me pierde nada.

—¡Ah, bueno!... *Winnerrrrr!*

—…

—Decí algo, dale. Voy a pensar que te inhibo.

—*Fuck off.*

Este nivel había alcanzado la tensión sexual y la noche recién empezaba. A él le pareció leer en ese juego que tarde o temprano iba a pasar lo que tenía que pasar. Viki fue al baño y cuando volvió pidió un mojito. Y como a Chris todavía le duraba la cerveza, lo acusó de estar bebiendo como una mujer.

Viki respondió el celular antes del segundo ring:

—Sí, ¿hola? A pleno, buenísimo... Sí, ajá. Escuchame, ¿a qué hora? Sí, OK. Dale. Ya salimos. Beso... Vamos, trotamundos, los chicos le organizaron una fiesta sorpresa a Lore, que cumplió años anteayer.

—*You mean now?*

—Sí, ahora. Dale, que tenemos que parar a comprar un par de cosas.

En una estación de servicio, Viki llenó el baúl de su Vitara con bolsas de hielo y compró dos paquetes de Gold Leaf y veinticinco cajas de chocolates After Eight. Manejaba rápido y se reía, un CD de Paul Oakenfold sonaba a todo volumen en el estéreo de la 4×4.

—¿Qué pasa, Chris? Estás muy serio.

—Nada, no pasa nada, *I'm fine*.

En cuanto estuvieron en la fiesta Viki se perdió de vista ocupada en los últimos preparativos. La casa de Alex, de estilo minimalista y muebles blancos, estaba adornada con globos plateados y velas aromáticas. Había velas sobre el parquet y las repisas flotantes; un par de antorchas iluminaba el jardín, que se extendía detrás de un amplio ventanal. Salvo la cocina, toda la casa estaba a media luz. Antes de que la música *chill out* creciese a *progresive house* hubo empanadas y tamales.

Encararla a Viki, abrazarla y asestarle un beso delante de toda esa gente no era buena idea. No, no es una movida brillante, pensó, mientras Fede le hablaba del DJ que iba a tocar esa noche. Justo hoy este cumpleaños: *There's no fucking way to be so unlucky.* Al desaliento se le sumó una sensación de incomodidad, parecida al ridículo, cuando pensó en la ropa y en cómo se había mentalizado para esa noche. Pero no quería que lo notasen caído y mucho menos que Viki se diera cuenta de su cambio de ánimo.

—*What's up, mate* —le palmeó el hombro a Roberto—. Avisame cuando vayas al baño a esnifar, ¿ese es el malbec que decías?, a ver...

Alejandro, el dueño de casa, se acercó para convidarles éxtasis. Fede estaba exultante: las pastillas costaban $40 cada una y eran difíciles de conseguir, aunque la plata para ellos no fuera un problema. Una de las muchas desventajas que sufre Buenos Aires por quedar tan lejos, decía Fede.

Viki reapareció por fin, siguiendo el ritmo de la música electrónica, y Fede dispuso junto con Chris y Robert un semicírculo en torno a ella. Bailaron de un tirón ese tramo de la noche en el que Chris enterró la última esperanza de irse de la fiesta con Viki. Durante una pausa para refrescarse, en el extremo del jardín donde menguaban las antorchas, él le preguntó si recordaba los paseos por Chelsea y las madrugadas en Bedrock y juró que daría un año de su vida por repetirlo.

Tomás llegó cuando quedaba poca gente en la pista y se puso a bailar con su novia. Chris salió al jardín, a fumar marihuana con Robert, Fede y Nati, la mejor amiga de Viki.

No era raro que Chris se refugiara en Federico y Robert si aparecía Tomás; con ellos se sentía cada vez más cómodo. Mucho después, seguramente urgido por la necesidad de exteriorizar el secreto, hasta pensaría en confiarles que una noticia en el diario o la tele iba a darle el último aviso para huir del país. Pensaba en una confesión parcial, no pensaba contarles todo, pero sí que miraba noticieros y leía diarios todos los días y que la señal podía ocurrir en cualquier momento.

Desde el comienzo, los amigos de Viki sospecharon del *affaire* que había tenido o estaba teniendo con su amiga, pero de eso casi no hablaban. Y mucho menos delante de él o de ella. Les parecía un chisme divertido, eso sí, pero a ninguno le importaba realmente: nunca tuvieron relación con Tomy. Ni siquiera la veían muy seguido a ella. La única que lo sabía era Natalia y tampoco hablaba de eso, a veces sólo con su amiga.

Después de la fiesta sorpresa, durante la semana Viki y Chris se vieron en casa de Robert, que los había invitado a comer. Ella actuaba como si ya hubiese olvidado la salida a solas, como si no hubieran dejado nada pendiente en aquel bar. El inglés no pensaba en otra cosa. Se le ocurrió que tal vez había sobrevaluado sus chances. Sin embargo, después de la cena ella reanudó la provocación, con párpados sutiles, con alguna ironía, y él tuvo que contenerse para que no fuera demasiado obvio su repentino buen humor.

Dejó pasar una semana y volvió a arreglar con Viki para salir a solas. Misma hora, mismo lugar, todo igual que el viernes último excepto que esta vez iría al grano.

Volvió a llegar primero y volvió a ubicarse en la barra. Esta vez, como la anterior, tampoco había preparado un discurso. La única estrategia consistía en ser natural: mirarla a los ojos y besarla. Así de simple. Eso estaba pensando cuando vio que Nati entró al bar, sonriente, y fue derecho hacia él.

—¿Qué tal, Chris, todo bien?

—Todo bien.

—Ya sé que esperabas a otra persona —dijo con un tono cómplice que pretendía ser simpático—, pero bueno, acá estoy. Es lo que hay.

—…

—Viki te pide disculpas por no poder venir y me pidió que viniera en su lugar para no dejarte solo.

—¡Qué considerada! *That's really kind of her.*

—Gracias por el piropo. Muy gentil…

—No, no, por favor. No me entiendas mal. Es por ella, es que sinceramente…

—Ya sé, era un chiste. Todo bien. ¿Qué estás tomando?

—Cerveza. ¿Vos qué querés?

—Dale, tomemos cerveza. ¿Qué onda, ya se te pegó el acento porteño?

—Hago lo que puedo…, en realidad ya sabía, es que lo había olvidado. Sí… Ah, ¿sabés por qué no pudo venir tu amiga?

—Pudo, por qué no pudo, se dice. Me dijo que le había surgido un compromiso y no lo pudo postergar.

—Mmm, sí, ya veo.

—Mirá, estos son mis planes, a ver qué te parece: tomamos unas birras acá y después vamos para lo de Verónica, el novio hace un asado y nos invitó. También va a estar Lore con su novio y quizás después pase Fede. ¿Qué me decís?

Esa noche Federico no pasó por lo de Verónica y, ya de regreso en su casa, Chris se arrepintió de no haber sido lo suficientemente descortés como para declinar la invitación. Pero ese lamento, el de haberse aburrido, no significaba mucho en comparación con la inquietud, más honda y angustiante, de asumir que por segunda vez Viki lo había esquivado. Estaba clarísimo que rehuía el *tête à tête*. Tan claro como que el viernes anterior ella sabía de la fiesta sorpresa y podría haberle dicho de salir otro día, para estar solos. Pensó en hablar con Viki y decírselo frontalmente, decirle que no entendía por qué evitaba quedar a solas con él. Pero desistió. ¿Para qué hacer reclamos? Que las explicaciones las pida el otro. Además qué podía conseguir: ella no iba a dejar de eludirlo porque él le demostrara que lo estaba haciendo; en cualquier caso, lo iba a dejar de hacer cuando tuviera ganas. Aunque tampoco le convenía hacer el payaso incondicional. De payaso incondicional a pelotudo alegre hay un paso, pensó.

Así fue cómo le entraron las dudas. Sobre el *timing* oportuno para encarar, primero, y sobre la confianza en sí mismo después. No sabía si jugarse a fondo, atrevido, o esperar a que ella le regalara unos metros, más prudente, sin arriesgarse al rechazo. Porque pasaba el tiempo y Viki no pasaba de la histeria, le entró ya la duda de si alguna vez la reconquistaría. Estas inseguridades y la tensión sexual, aunque quiso disimularlas, empezaron a incomodarlo. Lo hicieron sentirse ridículo o idiota, nervioso algunas veces y otras afectado, desconocido ante sus propios ojos. Una seña con las manos, una pose, cualquier gesto suyo le parecía inverosímil. Recelaba de sus chistes y de lo que decía. Llegó a tener, en una misma tarde, la impresión de estar siendo muy obvio, demasiado frontal, o poco demostrativo y hasta lerdo.

Por lo general, cuando no veía a Viki se juntaba con Robert y Federico o con el periodista inglés. Por no pensar en ella, Chris, que desde los dieciocho años, luego de haber dejado Manchester para trabajar en Londres, se había hecho a la costumbre de no aburrirse de sí mismo, ahora difícilmente se resignaba a quedarse solo.

En Mundo Bizarro, un bar de Palermo, los chicos comprendieron que Chris estaba un poco más que interesado en su amiga. Una rubia que Fede no podía dejar de mirar se le acercó al inglés, en la barra, y empezó a hablarle de cualquier cosa; le preguntó de dónde era y qué hacía y fue a sentarse con ellos cuando consiguieron los sillones. Parecía salida de una revista de moda. Pero además no le faltaban ganas de divertirse. Por eso el asombro de Fede; por eso fue más llamativa la indiferencia de Chris, que se limitaba a responder amable y ni amagaba la menor iniciativa. Fede lo miraba con un asombro muy parecido a la pena. En una distracción de la chica, no aguantó más y le preguntó si entendía que lo estaban avanzando.

Hasta el porteño más vergonzoso hubiera mostrado más interés con la rubia. O hubiese mirado, al menos por reflejo, a alguna de las mujeres que adornaban el paisaje. Pero no. Ni siquiera las miraba el muy pretencioso, como si viera esas minas en cualquier bar de Inglaterra. En este punto estaban de acuerdo. ¿Por qué tanto desinterés entonces si no era por Viki? Robert se había dado cuenta de que Chris no era gay ni bisexual.

Con la llegada del *British boy* —ese apodo le habían puesto—, Natalia empezó a verla más seguido a Victoria y se convirtió en su dama de compañía. Dos funciones desempeñaba al mismo tiempo: la de excusa para que pudiera salir con Chris y la de no dejarlos a solas. Aparte de ser su confidente, claro, pues se juntaban a comentar pormenores y tomar café o se hablaban hora, hora y media por teléfono. Viki gastaba fortunas con el celular. Así remontaron su amistad a los tiempos de la adolescencia.

Chris se acostumbró a que Nati estuviera con ellos, o entre ellos, inevitablemente. Por eso aquel sábado por la tarde la presencia de Nati en la excursión a La Boca le pareció normal. Lo que lo sorprendió fue Caminito. Mimetizados con el paisaje, habían entrado por Vuelta de Rocha discutiendo la letra de un tango, y cuando estuvieron en Aráoz de Lamadrid, la otra punta del paseo, Chris se detuvo y alzó la vista. ¿Esto es todo?, pensó en voz alta. Y se asomó a la vereda, como si porfiase lo que estaba viendo. Miró a las chicas y se asomó otra vez, con la persistente intención de que Caminito continuara más allá.

—¿Acá termina? —insistió, y se volvió hacia el Riachuelo.

Sí, le contestaron con la cabeza, sin dejar de reírse.

—*What are you laughing at? It's not funny.*

Tentadas, las chicas seguían riéndose.

—*What? Are you taking the piss? Seven thousand miles, for Christ's sake! You've got to be joking. Give me my money back.*

Después del cannabis y la vuelta por La Boca fueron a San Telmo, a uno de esos bares alternativos que brotaron durante la década de los '90, cuando se decidió invertir en un reciclaje de la zona, luego de que la policía limpiara los aguantaderos en que había degenerado más de un conventillo.

En el bar, las miradas traviesas iniciaron su juego por enésima vez. Hubo un derroche de ingenio en burlas seductoras y recíprocas. Habían terminado la segunda ronda cuando Chris se levantó detrás de Viki y la siguió para ir, él también, al baño. Antes de que ella entrara, la retuvo y la besó de una vez, sin decir nada. Viki se dejó por un segundo, pero enseguida retrocedió seria y lo miró a los ojos.

—Pará, así no. Así no.

—*What?*

—Así no. Si hubieras venido antes hubiera sido distinto.

—*Come on, love.*

—No, en serio. Ahora es distinto.

—*Well I'm here now!*

—No es lo mismo, Chris, es nada que ver.

—*Oh, come on, Viki. That's bollocks.*

—No es una boludez, estás simplificando las cosas.

—*Bollocks! You know that's bollocks.*

—Las cosas cambian, Chris.

—*Fair enough, that's true. But you know I couldn't have come earlier, could I?*

—Vos no sabés cómo te esperaba…

—*Just think about it. Could I?*

—Lo que yo sufrí acá.

—*Of course I know. It's been tough for me as well.*

Viki se empecinó en que las cosas habían cambiado, se mantuvo firme y le dijo que ahora con Tomy no estaba mal. Pero también le dijo que cuando se quiere mucho a una persona no se deja de quererla de un día para el otro.

Who knows? Ella sólo sabía, y lo volvía a aclarar, que este no era el momento para estar juntos.

V

EN LOS ENCUENTROS que siguieron al abordaje desafortunado, Chris y Viki no volvieron a hablar del tema. Por instinto o por orgullo, él prefirió no insistir y mantuvo alguna distancia; a diferencia de ella, que no dejó de coquetearle. Buscando mitigar el rechazo, hacía monerías y arriesgaba un roce casual, como apoyarle los pechos distraídamente durante ese atardecer en lo del padre de Fede, en Martínez, mientras tomaban champán y fumaban marihuana echados en una barranca que mira el río ancho y turbio. O esa otra tarde, en Palermo, en las tribunas de las canchas de polo adonde Viki lo había llevado, el día que jugaba el novio de Lorena, para ver una fecha del Campeonato Argentino.

Chris empezó a debatirse entre quemar naves: decirle que la amaba, que él no era de esos tipos que se enamoran fácilmente o insistir con un planteo menos dramático, más distendido. La segunda opción le parecía menos peligrosa. ¿Para qué ponerse cursi? No era inteligente ceder a la ansiedad después de tanta espera. Tampoco entrar en pánico ni rendirse a la desesperanza de que ese primer desaire fuera concluyente. Al contrario: tenía que domar la impaciencia. Tiempo, se dijo, medirme y medirla, crear el escenario. Eso planeaba hacer.

Una noche, sin embargo, se quebró. Como un arrepentido doblegado por el peso de la verdad, se quebró y le dijo que había dejado todo en Londres porque sentía que sin ella estaba malgastando el tiempo. Fue una noche de alcohol, en un momento en que los demás no los veían. Estaban en el Bajo, en uno de esos bares a media luz que hay en San Martín o Reconquista, y él había ido a la barra después de que Viki se levantase para ir al *toilette*.

—Es muy lindo lo que me decís —le sonrió con la mirada— y muy dulce. No te hacía tan romántico.

Pero enseguida volvieron a la mesa, donde estaban los otros.

No te hacía tan romántico. Tan romántico, *what the fuck!*, pensó ya en su casa. Ahora sí había retrocedido varios casilleros, ahora sí estaba en una posición desfavorable, como si ella le hablara desde un pedestal.

Easy. Tenía que calmarse. Después de todo, ya estaba acá. Tenía que mostrarse seguro, sólido, si quería inspirar confianza en Victoria. Esta convicción lo llevó a pensar en la necesidad de empezar a componer un discurso más maduro.

Un atardecer, un fin de semana, le propondrá salir a caminar. Igual que en Inglaterra pero en lugar de Chelsea, los parques de Libertador. Sereno, persuasivo, le explicará que él no es jipi ni romántico. Que no cree en la estupidez de la media naranja sino en atracciones y afinidades, otras palabras no le salían, en la coincidencia en el tiempo y el espacio, claro, pero también en la capacidad individual de elegir. Que para cada persona no hay sólo una sino varias personas compatibles en el mundo. Y que el punto es precisamente la elección, saber con quién estar. Por eso él vino a buscarla, porque quiere compartir la vida con ella.

A partir de esta conversación, Victoria comprenderá que no es un soñador empedernido, lo tomará en serio y decidirá apostar por él.

Linda idea, aunque algo afectada, demasiado racional tal vez. Si no demasiado optimista. Debía considerarla bien antes de que fuese tarde para arrepentirse. Por lo pronto, hizo lo que tenía que hacer: dejó de llamarla. Incluso estuvo semanas sin verla. No fue bronca; en todo caso, orgullo, el de un león pasante con cuerpo de oro y garras de azur. Era la necesidad de recuperar respeto, que ella no lo pensara entregado, a sus pies. Y también una especie de resguardo o defensa, instinto de preservación. No era la primera vez que se quemaba con ese fuego: dos veces en Londres tuvo que remontar la misma angustia cuando Viki se fue. Pero ahora era peor, el naufragio final de un sueño pacientemente construido y ahora hecho pedazos en la desilusión vasta y honda que se mofaba de él desde el horizonte.

Meses después sería el propio Chris quien se reiría de sí mismo, pero en aquel momento le pareció cualquier cosa menos una hipérbole en su vida.

Aunque los días fueran despejados, a Chris se le hicieron turbios. El recurso de socializar, que antes lo había ayudado, le resultaba impracticable. La naturaleza de su carácter reservado se acentuó. Dejó de verlos a Gary, a Fede y a Robert. De haber sido por él no habría salido ni a la calle, pero le pareció una grosería no pagar el teléfono y la luz, que estaban a nombre del padre de Victoria.

Recién en el colectivo se dio cuenta de que se había olvidado el discman; lo único que llevaba en el bolso era un libro. Entró al banco con resignación. La fila era larga, mucho más de lo que había supuesto.

—Disculpe, ¿acá es para pagar los servicios?

—Sí, bienvenido al club. Yo hace media hora que estoy esperando —le informó una señora.

—…

—Y mirá la cola que hay todavía. Acá tenemos para rato, yo sé lo que te digo.

Con una sonrisa breve, Chris cerró la charla y se puso a leer el libro de Rodolfo Walsh que le había prestado Gary.

—Dos personas hay atendiendo, nada más. Con toda la gente que hay para pagar y estos caraduras abren sólo dos ventanillas.

—…

—¿A vos te parece?

—…

—Es una vergüenza. Se piensan que una no tiene nada que hacer, total, qué les importa: ellos tienen que estar todo el día ahí adentro.

La mujer había iniciado una irritante secuencia de suspiros y comentarios. Un suspiro, que a la vez era onomatopeya del agobio y la indignación, abría o remataba cada frase. Después de una pausa continuó.

—Esta película me la sé de memoria, ¿sabés cuántas veces la vi ya? Ps, miles de veces la vi.

—…

—Siempre lo mismo. ¡Hay que tenerles una paciencia a estos!

—…

Sin lograr concentrarse, Chris leía y releía una y otra vez el mismo párrafo, incómodo por la vergüenza ajena que le inspiraba la mujer. Por el fastidio y por la culpa de dejarla hablando sola.

—¿Qué tenés que pagar vos? —preguntó ella.

—El teléfono.

—Yo tengo que pagar la electricidad y el agua. Y tengo que cobrar la pensión de mi padre, que apenas si se puede mover.

—Mmm, claro.

—Ahora, esto es de no creer, ¿eh? Encima de que uno viene a pagar lo tratan así.

—…

—Con lo que cuesta todo…, porque encima está todo caro. Y el teléfono ni te cuento, mirá.

—Hm.

—¿O me equivoco? Porque si me equivoco, decimeló.

—No, no, claro. No se equivoca.

—Uuuy, qué acento raro tenés: vos no sos argentino. ¿De dónde sos?

La gente de la fila se dio vuelta para mirar con quién hablaba la señora.

—De Inglaterra —respondió a media voz, como si quisiera señalarle que no hacía falta hablar tan alto.

—¡¿De Inglaterra?! —repitió la mujer, alzando aun más el tono.

Esta vez sintió que todos en la fila escuchaban su conversación y hasta vio que unos cuantos lo miraban sin disimulo, indagadores, con la curiosidad con que se mira un ejemplar exótico.

—Mirá vos, qué bien. ¿Qué viniste, a pasear?

—Sí.

—¿Y te vas a quedar mucho tiempo?

—Sí —dijo Chris, mientras miraba a los costados.

—Hacés bien.

—Gracias.

—Está muy bien, qué querés que te diga, hay que aprovechar. Uno de mis hijos, Marcelo, tiene apenas treinta y siete años y ya tuvo un preinfarto, pobrecito. Le salieron mal unos negocios y le dio un ataque. Y encima la mujer se fue con otro, ¿a vos te parece? Lo abandonó. Para mí que se llevaban mal de antes. Porque si no, no se entiende. Y encima él no cuenta nada. En eso salió igualito a mí, bien callado, ¿viste? Con tirabuzón tenés que sacarle las cosas. Así que yo voy de acá para allá y no sé qué hacer. Imaginate. Me da una pena, pobre Marce, es un santo. Eso fue hace cosa de un año y medio; y ahora está en cama otra vez, pobrecito. Tiene hemorroides.

Chris la escuchaba perplejo. Responderle o no responderle daba igual: no había forma de callarla. Estuvo a punto de abandonar la fila y volver sin pagar las cuentas. La mujer, que tenía una exasperante facilidad para hilvanar temas, le contó el declive de su esposo, muerto hacía dos años. Y también la desgracia de otro familiar, que además de alcohólico era impotente.

—Pero, bueno, ahora contame algo vos. ¿Qué tal Buenos Aires? ¿Es como pensabas?

—Me gusta mucho, sí…, no sé si es…

—¡Uy, mirá!, esos tipos de ahí se están colando. ¡Mirá, mirá!… Mirá cómo se hacen los distraídos, ¡qué sinvergüenzas!

Al principio le costó identificar a los colados que denunciaba la señora. Pero después vio a un hombre de lo más formal que se adelantaba en la fila, muy sereno, sin vacilación ni escrúpulo. Después otro. Y otro. Con perfecta naturalidad, imperturbables, los tipos fingían que hacía rato estaban en la cola. Chris miró alrededor y sonrió nervioso. *You cheating bastards.* La mujer había logrado contagiarle la impaciencia. Volvió a mirar a esos campeones de la astucia: ni siquiera les daban lástima los ancianos. Los tipos seguían colándose y la gente empezó a protestar. El clima se puso tenso.

—¡Hagan la cola, che!

—La cola termina allá atrás, no se hagan los vivos.

—Ey, vos. Sí, a vos te hablo. Vos no estabas acá, recién llegaste.

—Sí, es cierto, él no estaba en la cola, se acaba de colar.

—¿Y vos qué te metés, bigote? —se defendió el acusado—. ¿Qué sos, policía?

—A quién le decís bigote, pelotudo.

—¿Qué dijiste, imbécil? ¿Eh? A mí no me insultás, porque te rompo la cabeza.

—¿Ah sí? ¿Vos y cuántos más?

—Yo solo te la voy a romper. Por pelotudo.

Después de los piropos hubo forcejeos y luego un puñetazo cortó el aire, sin llegar a destino. Despierta, *furba*, la mujer lo agarró del brazo a Chris:

—¡Dale, ahora, ahora! —y aprovechó la confusión para avanzar varios lugares.

Aunque existió la amenaza de que se suspendiera la atención al público, finalmente los custodios del banco restablecieron el orden y todo volvió a la normalidad. Durante el viaje de regreso a casa, Chris no tuvo en la cabeza otra reflexión que la de aquel episodio.

El tormento por fin escampó de su ánimo cuando la probabilidad de sobreponerse a Viki, si no le quedaba otro remedio, pasó de ser un cálculo trabajoso a una sentida convicción. Una cuestión de amor propio que le hubiera causado pudor explicar y que, no obstante, operó en él un cambio de actitud decisivo. Aprovechar su tiempo en Buenos Aires fue la primera consigna. Progresó en el manejo del idioma y empezó a ver con mayor frecuencia a Gary, a Fede y a Robert.

Con Robert hablaba de Historia y de política, de literatura y de otras aficiones intelectuales. Y no intelectuales también: cualquiera que fuese el tema, Robert disponía de una conversación inteligente. Le gustaba conversar por la noche en el *living* de su casa, en La Lucila, vista al jardín y música de fondo, al calor de la cocaína y el vino tinto. Gracias a él conoció varias bodegas de Cuyo. Una de esas noches de verborragia, le ofreció postularlo para profesor de inglés en el colegio bilingüe donde él tergiversaba la Historia. El sueldo era el de un peón, le avisó; de hecho, no constituía su principal fuente de ingresos. Pero no estaba tan mal en comparación con la limosna que deshonraba a los profesores de las escuelas públicas. Si complementaba ese sueldo con clases particulares alcanzaría una cifra más o menos decente. Nunca lo que gana un profesor en Europa, desde ya, pero mejor que varios colegas en Argentina. La directora de Inglés estaría orgullosa de incluir en sus filas a un *mother tongue*.

Una vez por semana, los sábados, Chris empezó a jugar al fútbol en el equipo de Fede. El torneo, considerando que no era de clubes, proponía un nivel de competitividad aceptable. Había categorías A, B y C; y ese año el equipo de Fede clasificó a un desempate por el ascenso a la A. Eran partidos peleados, ridículamente peleados, como si estuviera en juego la copa del mundo. Las primeras veces, el léxico que se exigía dentro de la cancha, compuesto por insultos bisílabos y términos en código entrecortados, lo desorientó. Cambiala; por la misma; salimos; arriba, eran claves imposibles. También le costó más de un apuro el darse cuenta de que «te van» significaba *«man on»* y que «solo» era *«time»*. Esta dificultad, sin embargo, no impidió que se adaptase rápidamente. No despuntaba por su técnica, pero sabía correr la cancha y se veía que jugaba desde chico. Se notaba en su capacidad para entender el juego, para leer la trayectoria de las jugadas y saber cuándo picar al vacío o acercarse a jugar corto, cuándo aguantar la pelota, cuándo tirar un cambio de frente. Como buen inglés, era hábil para cabecear y ponía fuerte en defensa; con pases largos habilitó más de un mano a mano que terminó en la red. También tenía carácter y lo demostró una mañana, en un partido que se había puesto áspero. La jugada anterior a la bronca, en un lateral un delantero le había metido un codazo que lo dejó sin aire. Se recuperó, volvió a tomar la marca y en la primera pelota lo barrió duro abajo. El delantero se levantó para agredir, furioso, incontenible, pero Chris se plantó y a trompadas le puso los puntos.

Al tercer partido, los sábados a la noche ya salía con Fede y sus compañeros de fútbol. Por lo general iban a Tequila, un bar exclusivo de la Costanera, frecuentado por modelos y *celebrities* criollas. A las tres de la madrugada iban a Pachá, que estaba al lado, adonde también entraban gratis. Fede conocía a un tipo que los hacía pasar al VIP. Pero el programa no siempre incluía la disco ni era los sábados. Porque también se juntaban miércoles y jueves y porque casi nunca había planes hasta último momento. Todo se decidía sobre la marcha y esta espontaneidad lo hacía más vertiginoso, igual que el desplazamiento por anchas avenidas en coches de modelos recientes y con música electrónica a máximo volumen.

Las salidas con su compatriota, salvo excepciones, eran durante la semana. A los cincuenta y tres, divorciado, con un hijo al que casi nunca veía, Gary consideraba todo desde una perspectiva muy particular. Con idéntica sensatez encontraba argumentos que justificaran o cuestionasen la idea de estirar otro poco su vida porteña. Alrededor de cinco años llevaba en Buenos Aires. Lo suficiente para tener acceso frecuente a políticos y empresarios; lo suficiente para decantar amistades y también para mitigar, por qué no, la soltería en los mejores prostíbulos del país. Esas mujeres eran las profesionales más lindas que había visto en su vida, Chris lo comprobó una noche y sin embargo no se acostó con ninguna. Estuvo todo el tiempo en la barra, consumiendo vodka con cola, invitándole tragos a una de las chicas y conversando con ella. Cada tanto iba al *toilette*, a esnifar con una llave, haciendo equilibrio para que no se le cayera la bolsa, y de ahí, derecho a la barra.

Chris y Gary eran del norte de Inglaterra, los dos de Manchester, los dos fanáticos del City. También tenían en común el origen *working class* de sus familias. Y la radicación en Londres, por trabajo y estudio, antes de que el exilio los reuniese en Buenos Aires. En esos paralelismos quizás resida la explicación del padrinazgo que el periodista ejerciera sobre el joven ingeniero. Algo así como una protección tácita, sin consejos ni sermones, basada en el compañerismo, en el trato frecuente y la diversión. Le propuso que fuera a vivir con él hasta que consiguiese un sueldo razonable; le presentó colegas argentinos y extranjeros; lo llevó al estadio de Boca, al de Vélez y al de River, adonde ingresaban con credenciales de prensa.

Una noche, con naturalidad, como si no hubieran pasado semanas sin hablarse, Viki lo llamó para ir al *country* de sus padres, con sus padres, el sábado al mediodía. Aunque Chris hizo el intento no pudo rehuir el programa de superacción que le habían organizado: ella mintió la ansiedad de sus padres por conocerlo y la prometida duración, breve, de la visita.

Tomy se había ido a cazar con unos amigos. Viki pasó a buscar a Natalia y juntas fueron al departamento de Chris. Cuarenta minutos después estaban en el *country*. La opulencia de ese barrio privado, en las afueras de la ciudad, lo impresionó. Sus mansiones con piscina, el verde parejo y abierto, sin alambrados ni tapias, que silenciosamente se convertía en una cancha de golf, y más allá las de tenis, la tersura del polvo de ladrillo ceñido por arbustos simétricos y orgullosos bancos de madera. Pero más lo impresionó el aspecto juvenil de la madre de Viki, que estaba vestida como una adolescente. Sus pechos inquietantes, altaneros, demasiado firmes para ser naturales, oprimían una remera minúscula en la que se anunciaban los pezones. Tuvo que esforzarse, y mucho, para no ceder la mirada a esa incómoda atracción. La actitud seductora de la mujer parecía molestarle más a la hija que al marido, despreocupado, indiferente, que no la trataba como a una esposa sino con el respeto que se le dispensa a un socio.

Después del postre, concluida la sobremesa, las mujeres salieron al jardín y Chris quedó mano a mano con el padre de Victoria. El hombre rompió el silencio con un chiste fácil. Algo sobre la mano de Dios y sobre la suerte que tuvo Inglaterra en el 2 a 0, porque si la cancha hubiese sido más larga, dijo, Maradona habría gambeteado hasta al entrenador y los suplentes. Hizo dos o tres demostraciones más de su mal trabajada ironía y recién entonces fue al grano.

—Me dijo Viki que sos ingeniero en sistemas.

—Sí.

—Y que estás dando clases de inglés...

—Por ahora —se defendió Chris, no sin una sensación de ridiculez, como si fuera el yerno en las sombras buscando la complacencia del futuro suegro—, es temporal, hasta que consiga una oportunidad en lo mío.

—Temporario, querrás decir. O sea que ahora estás viviendo con lo de las clases.

¿Y a vos qué carajo te importa?, le hubiera gustado responder, pero ni siquiera se animó a cambiar de tema.

—Con lo de las clases y además con dinero que traje de Londres.

—Ajá... ¿Y allá qué hacías? Digo, de qué trabajabas.

—En Londres era *manager* de sistemas para una empresa de telecomunicaciones. Comunicación terrestre y satelital.

—Eso suena interesante.

—Sí, estaba bien. Es un buen trabajo.

—Y, decime, ¿ya buscaste algo en lo tuyo?

—No, no realmente. Primero quería mejorar el castellano.

—Pero lo hablás bien.

—Gracias, ya había aprendido en Inglaterra, sólo me faltaba practicar. Nati me ofreció un listado de consultoras para que lleve mi currículum. Creo que ya estoy listo para una entrevista.

—Yo te puedo ayudar a conseguir algo en lo tuyo. Si querés, claro.

—Sí, claro.

—Bueno, hacé una cosa: no hace falta que te decidas ya, lo pensás tranquilo y si te interesa le pedís mi número a Viki.

—Gracias, es muy amable.

—Tuteame, che, que si no me hacés sentir un viejo.

—Sos muy amable —corrigió con una sensación de amaneramiento al oírse—. Realmente me interesa, estoy seguro.

—OK, entonces llamame el lunes y vemos qué se puede hacer.

VI

SE BAJÓ DEL COLECTIVO en Santa Fe y Talcahuano, y fue a comer pizza por porciones a El Cuartito. Las palabras de Gary, que en su momento le habían parecido una exageración, ahora lo escamaban. Pidió una de tomate y anchoa y dos de fugazzeta. Aunque fuese otro momento histórico, aunque no hubiese margen para la persecución y el terrorismo de Estado, tomar precauciones no estaba de más. En los servicios secretos argentinos persistían, a pesar de la democracia, represores y torturadores que habían operado durante la última dictadura. Y esta vigencia, de alguna forma, era la continuidad de un pasado tenebroso sobre el que también Robert le había contado. Era la continuidad de una lógica brutal que consistía en la eliminación de evidencias y testigos comprometedores. La cultura del miedo y la intimidación: Mi foto la tienen, seguro, y tal vez tengan la tuya, le había advertido Gary en una de las últimas charlas. Lo que alguna vez le pareció improbable ahora tenía la forma irreversible de lo real. Imaginó su foto en un archivo y la amenaza de aquel pasado difuso y ajeno por un instante se transformó en presente propio.

Llegaron a Tequila pasada la una. Los amigos de Federico, que estaban ahí desde la cena, se turnaban para ir al *toilette* y volvían lúcidos, verborrágicos. Con ellos estaba la hermana menor de Ingrid, por eso tenían que disimular, dijo Federico y le pasó la bolsa a Chris para que fuera al *toilette*.

De vuelta en la mesa, Chris tomó un sorbo del cuba libre y echó un paneo general, discreto, fiel a su estilo sajón. No importaba dónde mirase, como de costumbre en Tequila donde la media era fuera de serie, todas las mujeres le parecían *celebrities*.

Seductor, locuaz y divertido, Fede se pavoneaba de un lado a otro, con soltura. Un chiste acá, otro allá, pacientemente sembraba el perímetro del boliche. Con muchas ya se había acostado, pero siempre estaba en busca de nuevas emociones. Siempre abrir el panorama, esa era la ecuación. Sin desatender a las que ya había revistado. En eso era un profesional.

Chris estaba con los chicos cuando Fede lo llamó aparte.

—Te voy a presentar unas chichis: todas Fórmula Uno. Seguime.

—Chicas, este es Chris, el amigo inglés. Chris, ella es Ethel; ella, María; Ximena; Carola; Jésica.

—Hola, Chris —dijo Carola estirándose para darle un beso. Pero quedó a mitad de camino, con la mejilla al aire, porque en lugar de un beso Chris le había tendido la mano.

No era la primera vez que a Chris le ocurría esta discordancia, aún le duraba el instinto de darles la mano a las mujeres. Lo que él tenía por buenos modales, acá, un país en el que incluso los hombres se saludaban con un beso, por poco no significaba un rechazo. Lo recordó sobre la marcha, cuando ya reincidía en su torpeza.

Terminada la ronda de besos, Carola le preguntó de qué parte de Inglaterra venía. Casualmente, ella había estado en Londres la semana pasada, por una sesión de fotos para el nuevo perfume de Gucci. Le había parecido una ciudad con mucho *swing*, alucinante, redivertida. Entre las mejores del mundo, sin duda. Además, la gente era, tipo, *relookeada*, onda *recool*.

—A vos te debe gustar el *dance* —adivinó ella—. Tenés que venir a Pachá.

Casi media hora estuvieron hablando de Londres y de Buenos Aires, de música, de fiestas *raves*. Antes de irse, Carola le preguntó a Fede, si él y Chris harían algo esa noche. Y les ofreció hacerlos entrar a la disco.

—Gracias, Carol, por eso no te preocupes.

La cortesía lo sorprendió: que pensaran en eso Ethel o Jésica era natural, pero ¿Carola?

—Me parece que le gustaste.

—¿Qué?

—Carola, boludo, me parece que le gustaste.

—¿Cómo sabés?

—Acordate de lo que te digo. Intuición.

—Andá a cagar, pensé que tenías una explicación más seria.

—¿Viste que te iban a gustar? ¿Eh? Te dije. Lo único: tenés que estar dispuesto a bancártela con Peter.

—¿Peter está con Carola?

—Y mirá que Peter no es como el boludito ese que embocaste jugando al fútbol.

—¿Se la coge a Carola?

—Es cinturón negro de Aikido.

—*Oh, yeah? Well I'm not scared, you dick. Is he shag-ging Carola or what?*

—Tuvieron una historieta, pero ya pasó.

Carola era rubia, aunque también pelirroja, castaña o azabache, según la publicidad. Tenía ojos verdes y un porte memorable, con tacos superaba el metro ochenta.

Ni un alfiler cabía cuando entraron a Pachá. La música, se notaba, había decolado hacía rato. Chris miró el reloj: las tres y media. Carola debía andar por ahí, en alguna parte. Avanzaron por los corredores lentos, aturdidos de gente. Pensó entonces que iba a ser imposible, pero apenas llegaron al VIP la vio. Y sin decirle nada se puso a bailar al lado de ella, que lo saludó con una sonrisa. Después de unos minutos, para cotizarse, repartió su atención entre Ximena y Ethel. A Carola le fascinó el *look* de Chris, sus pantalones *baggy*, el corte de pelo, las zapatillas. Y sobre todo le fascinó cómo bailaba. Le pidió que la acompañara a la barra, donde le invitó un trago y procuró retomar una conversación ininteligible y entrecortada por los bajos del *house*. A las cinco y cuarto le dejó el número de su celular, aunque él no se lo había pedido, y prometió pasearlo por Buenos Aires.

El fin de semana siguiente, lo llevó a una *rave*, una de las primeras en Argentina. También fueron a bailar al Cielo. Y a Caix. Y después empezaron a salir entresemana. Dos cosas en Chris, además de la ropa, la cautivaron: su ingenio burlón, inteligente, y su actitud relajada, tan disímil de la empalagosa galantería de los argentinos.

Pero Chris no parecía muy apurado en dar el primer beso. Y ella tampoco iba a exponerse a un desaire. Por eso, para mandarle un mensaje entrelíneas se acostó con Peter, porque sabía que Peter iba a contárselo a los chicos.

Chris lo decodificó enseguida, mientras Fede le contaba, y supo exactamente lo que tenía que hacer. Cuando llamó para invitarla a cenar mintió que no hablaba con nadie desde el fin de semana pasado y cambió de tema.

Quizás como desquite, o porque era su amuleto, se puso la remera de la cebra y del peatón aplastado. Luego del sushi, la noche fluyó hacia un bar y más tarde hacia su casa, que era el tres ambientes del padre de Viki. Pero eso lo pensó después. Carola llegó al *living* con la minifalda arrugada y sin el corpiño, que estaba en las manos precoces de Chris. Tenía suelto el pelo rubio, *sauvage*, y un *rouge* lujuria le encendía el rostro. El primero fue en el *living;* el segundo, menos atolondrado, más maduro, en la habitación.

La relación con Carola le permitió otro punto de vista respecto a Viki. Tal vez porque ya no se creía en desventaja, como si el hecho de acostarse con otra mujer, que además era hermosa, le hubiese devuelto la autoestima. Al menos se sentía más lúcido. Le tomó el *timing* al repertorio de Viki, siempre alegre y buscona pero esquiva a último momento. Y empezó a crearse otros compromisos cuando lo llamaba para salir.

Ella adivinó que algo había pasado. Por altivez, o por vergüenza, no hizo preguntas. Pero lo imaginaba. Ahora él hacía alarde de un discurso «*light*», menos romántico, sin más pretensión que la de subyugarla en un sofá o sobre una alfombra.

—Cuando dos personas se atraen, resistirse es absurdo —le planteó. Y en esos términos—: tan absurdo como cierto y obvio que la infidelidad es parte de la naturaleza humana.

A él no le quedaban dudas. Había que ser *naif*, además de machista, para creer que las mujeres deseaban a un solo hombre, que no tenían fantasías eróticas con otros. ¿Qué mujer nunca había pensado en otro mientras hacía el amor con su pareja? Pero claro, remató, un tipo que se había curtido a varias minas era un ganador y la que había tenido varios tipos era una puta.

Un fin de semana, Carola lo invitó al *country* de unos amigos. El viernes a la noche hubo *pasta party* y la tarde siguiente fueron a ver un cuadrangular de polo a un campo del norte bonaerense. Los polistas argentinos son, por lejos, los mejores del mundo, le había dicho Gary. Pero varios *chukkers* le faltaban a Chris para poder apreciar esa destreza. Ya se le estaba haciendo insufrible cuando por fin acabó el último partido. Una hora después, en la carpa donde la gente hacía sociales además de tomar cerveza, escuchó que alguien detrás de él lo saludaba.

—*Hi, how are you?*

Se dio vuelta y vio al novio de Lore.

—*Not too bad* —dijo, y pensó inmediatamente en Viki. Aunque fuese ridículo, sintió la secreta culpa del adúltero.

El novio de Lorena aún tenía el uniforme puesto, botas incluidas. Chris las estudió y recién entonces, mientras no recordaba para qué equipo, supo que era uno de los jugadores que acababa de ver.

—*Well done, mate! That was a great game.*

—Sí, lástima que se nos escapó al final.

—Ya sé, eso fue mala suerte. Pero vos jugaste bien.

—Sí, qué sé yo, en fin... ¿Y, cómo te trata Buenos Aires?

—No me puedo quejar.

—Escuchame, la próxima decile a Lore y así te muestro los caballos, man, ¿qué te parece?

—Genial.

—¿Viniste con los chicos?

—No, no, estoy con otros amigos.

El novio de Lore levantó la vista hacia Carola y Ethel, que estaban esperando a Chris.

—Bueno, dale, quedamos así. La próxima, le avisás a Lore, ¿OK?

Federico le había contado a Chris hacía meses de unas fiestas alucinantes, al aire libre, con toda la onda, con gente linda, en lugares paradisíacos. Cada una en un paisaje diverso, esas fiestas lucraban ingeniosamente con la geografía argentina. Las quebradas del norte, la pampa húmeda, la precordillera de los Andes, las sierras cordobesas, la costa atlántica, la Patagonia.

Por fin había llegado la ocasión de que participara de una de esas experiencias. Ahora sería en lago Meliquina, San Martín de los Andes, Neuquén. Además de Fede y sus amigos, iban Robert, Alex y Nati. Chris se anotó enseguida, aunque un compromiso laboral retendría a Carola en Buenos Aires. Victoria, que nunca había aceptado la invitación, esta vez quiso ir. Y Tomás insistió en acompañarla.

Les tocó un día formidable. La profundidad del cielo albergaba un desnivel de cúmulos majestuosos que se extendían hasta las montañas. Antes de que empezara la música, Chris supo que no se arrepentiría de la excursión. A sus pies, los frutos del bosque contrastaban con el césped y lo complementaban con pigmentos impresionistas, y sobre su cabeza los chimangos leían de un solo trazo el curso del viento. En la otra orilla, una roca gigante truncaba la extensión del lago, aquietado, ancestral.

La *mise en place*, palabra de Federico, incluía un generador eléctrico, bafles superpotentes y una carpa con alcohol importado, marihuana, éxtasis y litros y litros de agua mineral francesa.

Exultante, Chris no paraba de bailar; igual que Fede y los otros, para quienes la música electrónica en ese paisaje imponente alcanzaba un grado místico, de espontánea e ilusoria comunión con el prójimo. Todos estaban en ese trance menos Tomy, preocupado porque veía a Viki demasiado pendiente del inglés.

Durante una pausa para refrescarse, a Viki le dio por criticar a una compañera de oficina, y así, al pasar, aunque no viniera a cuento de nada, soltó:

—Es una imbécil, una *snob*..., tiene menos neuronas que una modelo.

Chris y Fede relacionaron inmediatamente la frase, que para los demás fue sólo una comparación divertida. Nati también se dio cuenta y la miró como queriendo señalarle la inconveniencia de ser tan obvia. Era evidente que Lore le había chismeado a Viki sobre Carola, no todo, por supuesto, ni siquiera era necesario, pero sí que su novio los había visto juntos en el cuadrangular de polo. Los celos de Viki, esa demostración de interés, para Chris fue una señal optimista, pero prefirió antes que ilusionarse seguir disfrutando de la fiesta. Lago Meliquina era el sitio perfecto para convencerse o desistir de una mujer, pensó.

Horas más tarde, mientras el resto seguía bailando, Tomy le pidió a Nati que lo acompañara a buscar una cerveza. Como había empezado a preguntarle sobre Chris, Nati le dijo que el inglés «andaba en alguna» con Carola; lo dijo para ayudar, convencida de estar haciéndole un favor a Viki. Así se enteró Tomás de que Chris salía con una modelo.

Había empezado por la tarde y terminó la mañana siguiente: más de doce horas duró la fiesta. Cuando ya casi todos dormían, Chris y Nati siguieron conversando en el lomo de una roca alta y obtusa. Conversaron hasta quedarse dormidos al sol, un sol tibio y seco.

VII

De regreso en Buenos Aires, Chris llamó a Carola y al día siguiente, se vieron con un solo fin. Eso fue un miércoles.

El fin de semana, Federico pasó a buscarlo con Carola y Daniela, otra modelo, para ir al *country*. Fue idea de Carola presentarle una amiga a Federico para ver con mayor frecuencia a Chris. Su sentido del humor la había deslumbrado y más aún su naturalidad; la trataba con soltura, a diferencia del resto de los hombres, que invariablemente pretendían impresionarla.

En las afueras de Pilar, el *country* de los padres de Federico quedaba apenas cinco kilómetros más allá que el de Victoria. Involuntariamente reparó en este detalle cuando Federico detuvo el Civic cupé en la estación de servicio que mediaba entre ambos *countries*, pero sólo volvió a pensar en ella al otro día, cuando su amigo aprovechó un momento a solas para volver sobre el comentario despectivo sobre las modelos.

—¿Vos le contaste a Viki lo de Carola?

—No, ¿vos?

—Fue muy obvio lo que dijo en el lago —analizó Fede—. No creo que haya sido casual, para mí que ya lo sabe. Lo que no entiendo es cómo se enteró.

—El novio de Lore, yo estaba con Carola cuando me lo encontré en un torneo de polo.

—Claro, por eso el otro día Nati me preguntó qué onda vos, si tenías onda con alguien.

—¿Y qué le dijiste?

—Que no, ni idea, le dije. Por las dudas, qué sé yo, por ahí preferís que no se entere.

Chris no había decidido aún si le convenía que Viki lo supiera, por eso la discreción de Federico le pareció oportuna. No fue más lejos la confidencia, pero tampoco era indispensable profundizar. En ese diálogo, aunque tácita, quedó implícita la noción de que algo hubo, o había, entre el inglés y Viki. Después se acercaron a donde estaban las chicas.

Durante la sobremesa que sucedió al asado, Carola relató con acidez y ostentación chismes de la farándula nacional, cuyos protagonistas Chris felizmente desconocía. Federico celebró a carcajadas y su compañera amplió o refutó, basada en distintas fuentes, con no menos autoridad. Más tarde jugaron al truco y entonces Chris, acaso por la satisfacción de desempolvar una diversión aprendida siglos atrás, no se sintió tan extranjero. Habían catado el *skunk* que un conocido de Federico cultivaba en Buenos Aires y los entretenía un desfile de cervezas importadas en botellas multiformes cuando sin querer notaron que se les venía encima el lunes. Alguien propuso diferir el regreso veinticuatro horas. Pero Chris acaba de empezar en el trabajo nuevo y no quería mentir una gripe, como le aconsejaban los otros. Volvieron tarde a la noche, bien tarde, para evitar el tránsito de las quintas y de los *countries* que las últimas luces del domingo traen de vuelta a la ciudad.

El padre de Viki le había conseguido a Chris un puesto en el departamento de Sistemas del Ministerio del Interior, donde lo trataron amablemente desde el primer día. Enrique «Totó» Baldoria, el padre de Viki, era diputado nacional y hombre de cierta gravitación en el mundillo de la política; uno de esos políticos cuyo perfil no calificaba para candidato presidencial, pero clave a la hora de construir poder: un operador brillante, un referente para sus colegas. Chris recién lo supo poco antes de que le consiguiese trabajo. Los padres nunca habían sido tema de conversación con Victoria.

Totó se reía poco, era más bien serio, aunque extrovertido, y se le veía la astucia en la mirada: una mirada firme, persuasiva, de jugador de póker. A Chris le costaba tutearlo. Como buen político, tenía la facilidad de demostrarle a la gente el valor de sus favores. Por eso, porque le había conseguido trabajo, además de una casa, Chris no pudo negarse cuando lo llamó al ministerio para pedirle que fuese a buscar un sobre que se había olvidado en el *country*. Lamentaba tener que molestarlo y de hecho no lo molestaría si alguno de sus colaboradores estuviese disponible o su mujer no tuviese clase de gimnasia. La única excusa que le vino a la mente fue que lo ocupaba la instalación de un *software*, pero Totó ya había gestionado que lo dejaran salir. No se animó a decirle que no estaba seguro de cómo llegar al *country*; tampoco que hacía mucho no conducía (nunca tuvo coche en Londres). Así que dejó pendiente su tarea y fue directo al despacho del legislador. El padre de Viki le dio una credencial del Congreso, por si lo paraba la policía, y anotó sus datos para conseguirle una licencia de conducir:

—Haceme acordar pasado mañana, que seguro va estar listo: no puede ser que andes sin *carnet*. Eso está mal.

Sacó el Peugeot 405 de un garaje en Callao y bajó derecho hasta Libertador. El volante a la izquierda le resultaba extraño, incómodo. Aunque ya se hubiera hecho a la costumbre como peatón, aunque ya no le ocurriese mirar para el lado opuesto al cruzar la calle (más de una vez casi lo atropellan), manejar era distinto. Y el tránsito no colaboraba. Lejos de respetar los carriles, los coches se cruzaban delante de él descaradamente, agresivos, y lo obligaban a frenar de golpe. Eso cuando no lo encerraban con prepotencia.

Manejó nervioso, inseguro. El miedo a chocar o a perderse respondía menos al cuidado de su integridad física que a la vergüenza de que el padre de Viki lo pensara un inoperante. Recién en el Acceso Norte se relajó, esa autopista le resultaba familiar, era la que orillaba el *country* de Federico. Se alegró al reconocer la primera bifurcación que le había indicado Totó y cuando dejó atrás la segunda supo que no podía equivocarse.

Entró por la puerta principal, atravesó el *living* y fue a la sala del televisor con pantalla gigante: el sobre estaba en la mesa ratona, como le habían dicho. Era un sobre marrón con el membrete en inglés de una empresa de tecnología. Adentro sólo había papeles de la empresa. Lo guardó, fue al baño y se lavó la cara. Le había asignado un énfasis desmedido a la misión. Se sirvió un vaso de tónica. Y después otro. Estaba en el *living* cuando escuchó a la madre de Viki, que entraba por la puerta trasera. Venía riéndose con un joven alto y fibroso, trabajado por la gimnasia y las pesas, que combinaba en su lenguaje corporal la galantería y la arrogancia. Los dos vestían indumentaria deportiva a la moda. Antes de que Chris pudiese hablarle, la madre de

Viki abrazó al morocho y lo besó. Lo arrinconó contra una baranda con molduras, le quitó la musculosa, subió la escalera. Chris se escondió donde pudo. Tuvo que aguardar el tiempo que el atleta presumido se tomó en desaparecer bajo el arco ojival donde desembocaba el rellano para salir furtivo y con apuro, temeroso de que se asomaran a la ventana cuando encendiera el motor del coche.

Ya en la autopista, no podía creer la función a la que inopinadamente había asistido. ¿Por qué él, justo él, tenía que presenciar eso? Todo el viaje lo persiguió la disyuntiva de contarle a Totó o aferrarse a la neutralidad de la discreción. Cómo podía saber entonces que el legislador prefería derivar su energía hacia sus amantes antes que desperdiciarla en ponerse celoso del «*personal trainer*» de su esposa. Entró al despacho y le entregó el sobre.

—¿Y? ¿Estaba donde te dije? ¿O tuviste problemas para encontrarlo?

—Ningún problema: estaba todo en su lugar.

Totó charlaba con un diputado en un bar cerca del Congreso. Dos tipos, en la otra punta del salón, los analizaban disimuladamente:

—¿El de traje azul?

—No, el de azul es Baldoria. Con ese sí que no se jode. Jiménez es el otro, el de bigotes.

—¿Y estás seguro que la tiene en la caja?

—Ya te dije que sí: es guita negra, la puso en la caja de seguridad para no tener que declararla.

—¿Y el tema de la sucursal ya lo...?

—Las Heras, eso también te lo dije.

—Espero que tengas razón. A mi gente no le gusta perder el tiempo.

—A mí tampoco, Raúl. Son quince millones en una caja. Banco Mercantil, sucursal Las Heras.

Raúl salió del bar y mientras caminaba hacia el estacionamiento donde había dejado el coche llamó al Lince, que estaba ansioso por saber cómo le había ido.

—Bien, todo diez puntos —le respondió—, ya te voy a contar.

Raúl lo llamaba porque quería preguntarle cómo le estaba yendo con sus amigos; preguntarle para cuándo pensaba él que iban a organizar la reunión esa.

—En eso estaba —dijo el Lince sin dejar de mirarle el culo a la mujer que caminaba delante de él—, pero tendría que calcular más o menos dos meses.

Lince había trabajado con una banda que acababa de desarmarse, la del Cholo Quinteros, especializada en blindados y boquetes, y ahora estaba reclutando tropa para formar su propio equipo. Se detuvo en la puerta de un café, en el centro de Haedo, y despidió a Raúl:

—Quedamos así, entonces. Ahora tengo que hacer, después te llamo.

Luca lo esperaba en una mesa, con un cigarrillo en la boca. Era la segunda vez que se veían. El Lince le había echado el ojo porque en el gremio del hampa no abundaban jóvenes que se movieran con profesionalismo. Buscaba un ladrón lúcido y valiente, de los que roban o matan sin vértigo ni rencor. Y Luca tenía fama de no hacerlo mal del todo.

Él, por su parte, sabía que el Lince había militado en las filas de Quinteros. Y aunque aún no le había hecho ninguna proposición, sabía que esos tipos siempre andaban en cosas serias.

Para Luca el interés no pasaba sólo por el dinero; hacía tiempo que lo preocupaba la sensación de estar exponiéndose demasiado. Esa historia de reventar boliches todos los meses en algún momento iba a terminar mal. No valía la pena seguir así. ¿Para qué? Hacer plata de esa forma no tenía sentido, era como barrer hojas con la mano.

Por eso tenía que concentrarse, olvidar los contubernios con las minas y concentrarse en la empresa del Lince. Si esta le salía bien, por fin iba a ganar plata fuerte. Porque es verdad que en este tipo de trabajos hay mucha gente en medio, pero los botines son caudalosos. Con tres o cuatro trabajos así se haría un lindo colchón.

Después sólo era cuestión de relacionarse bien, de conocer a la gente indicada y tramar un golpe, su golpe, y a lo sumo otro pero no más. Entonces sí, ya podría plantarse. Ésa era su meta: hacer un lindo billete y abrirse. Sin levantar la perdiz, sin quemarlo.

Luca la iba a hacer bien; no como esos giles que se empalagan antes de tiempo y terminan en la cárcel. Demasiadas veces lo había visto como para no saberlo: el apuro es la estrategia de los torpes. Ya tendría tiempo para las casas y los autos lujosos, para ser un «*bon viván*».

Chris no encajaba del todo la actitud de Viki, todavía ambigua y frustrante, su flirteo sin rumbo, adolescente, que se agotaba en la indecisión y que persistía aunque hubiese perdido credibilidad. No era la mujer segura de Londres; esa que lo había impresionado por su carácter, por la determinación con que se empeñaba en cumplir sus antojos.

Solo en su casa, se puso a repasar los meses últimos mientras fumaba un reflexivo y de golpe el cannabis le aclaró todo como si recién entonces tuviera conciencia cabal de la situación. Como si por fin hubiese logrado abstraerse del impulso que le impedía enfocarla con nitidez. La histeria de Viki era un reflejo de inseguridad, falta de coraje y a la vez una forma poco sutil de retenerlo, porque tampoco parecía dispuesta a consentirle, mientras dudaba, que tuviese otras mujeres. Claro que no era fácil para ella, pero una cosa no excluía la otra. Una actitud egoísta, pensó, además de insegura y cobarde. Quizás él no había sido sutil, quizás habían sido torpes sus movidas, pero ése no era el problema.

Si Viki se enterase de que él estaba con otra mujer, el temor de perderlo podría hacerla reaccionar. Por eso decidió que Viki o Nati supiesen de Carola la próxima vez que quisieran saber de su vida.

La oportunidad llegó una tarde en lo de los padres de Federico, los dos solos, Chris y Nati, sentados en el jardín sereno y pensativo que mira el Río de la Plata, mientras a los otros los entretenía una revancha de truco. Con Nati cultivaba cierta complicidad. Tal vez por eso le pareció ridículo seguir evitando el tema, sobre todo porque ambos sabían qué estaba haciendo él en Buenos Aires.

—¿Vos qué pensás? ¿Qué está haciendo?

—¿Cómo?

—Victoria, ¿qué está haciendo? ¿A vos qué te parece?

—No entiendo.

—Quiero decir, en la vida, qué está haciendo con su vida.

—¿Vos decís qué está haciendo, por ejemplo, con respecto a vos?

—Hoy estás particularmente aguda, ¿te diste cuenta?

—¡Qué boludo!

—No, en serio, quiero saber.

—Y..., es difícil, qué querés que te diga. La verdad, muy bien no sé.

—Pero vos qué pensás.

—Yo creo que debe ser difícil para ella —la cubrió—. Que vos hayas venido la debe haber movilizado fuerte, pero no te olvides que tiene toda una historia con Tomy. Están viviendo juntos, no sé... En un momento ella estaba esperando que vos vinieras para empezar una nueva vida y creo que eso la redesilusionó.

—Sí, ya sé.

—Le costó mal superarlo y ahora tiene una buena relación con Tomy. Pensá que no le fue nada fácil construirla, o reconstruirla, en realidad.

—Tenés razón, eso es así. Pero yo no podía venir antes.

—Por lo del crédito universitario.

—Ajá.

—¿Y vos?

—¿Y yo qué?

—¿Qué te pasa a vos?

—No sé, es..., raro.

—¿Pero la amás o no estás seguro? Supongo que te debe pasar algo fuerte con ella.

—¿Ves? Ese es el punto. Era algo bueno, supongo, pero cada vez menos ahora.

—Me imagino, para vos también debe ser durísimo, claro. Mirá, las cosas es más fácil decirlas que hacerlas, pero no sé, por ahí tendrías que hablarle.

Chris y Nati empezaron a verse seguido. Después de la oficina iban a un bar y a veces también al cine. Ella le contó que Viki tuvo, y aún tenía, una relación difícil con el padre, siempre ausente, siempre ocupado en atender otras prioridades. Y lo mismo con la madre, que vivía en la luna. En realidad, Viki estaba bastante sola. Más que ella, muchas amigas no tenía. Y no era proclive a ampliar su círculo íntimo. Con ella, con Nati, era incondicionalmente generosa. Desde traerle regalos carísimos cada vez que viajaba a conseguirle los mejores especialistas y ofrecerle dinero cuando su padre estuvo mal de salud. En ese sentido, era divina. Ahora, en cuanto a carácter, tenía muchísimo. Demasiado a veces.

Cuando llegó el calor, y los días se dilataron, Natalia le propuso conocer los pasajes de la ciudad. A ella le fascinaba redescubrir Buenos Aires constantemente. Visitaban uno o dos por semana. Rue des Artisans, en Recoleta; el pasaje Butteler, en Avenida La Plata y Cobo; Gral. Paz, en Belgrano; Ambrosio Colombo, en Balvanera; Barolo, en Avenida de Mayo; De la Piedad, en Mitre al 1500. También le mostró las torres espejadas que hacía poco habían crecido en el Bajo y el palacio Duhau, uno de sus favoritos, en Avenida Alvear.

Al inglés lo sugestionó la diversidad de las fachadas porteñas, el desacuerdo de estilos, esa miscelánea de arquitecturas que en una misma cuadra conviven. Como a un niño, lo entretuvo caminar las veredas altas de La Boca y el empedrado en Palermo. O demorarse bajo una cúpula que remata una esquina. Excursiones urbanas, bares, cine, ninguna de esas actividades eran ajenas a él y sin embargo, compartidas con Natalia, le parecieron originalmente curiosas, como si a través de sus ojos percibiera las mil y una ciudades que detrás de toda ciudad subyacen. Nati era muy *cool*. Y no tenía nada que envidiar a las mujeres más codiciadas de Argentina. Ni de Europa. Una de esas tardes, con debida vergüenza Chris se escuchó a sí mismo preguntándole por qué no tenía novio.

—Mejor sola que mal acompañada —sentenció distraídamente, como si la inquisición no la hubiera acometido por sorpresa.

—Ahí tenés un punto.

—Definitivamente.

—Aunque a veces viene bien tener a alguien, ¿no?

—Bueno, sola sola una nunca está.

—Ya me parecía.

—Nada serio, digamos. Algún que otro alguien por ahí.

—Yo estoy hablando de un tipo que te guste en serio.

—Por qué, ¿tenés algún amigo en Londres para mí?

—Eso lo podríamos pensar.

—Claro, pensalo, yo te la llevo a Viki y vos me presentás un amigo. Lo único que te pido es que te concentres bien.

—¿De verdad dejarías todo para irte?

—Y por qué no. Si es por alguien que vale la pena, no lo dudo.

—Es una decisión difícil, creeme.

—El que no arriesga no gana.

—Y estás segura que lo harías.

—Cien por cien. Así como es importante saber estar solo, también es importante dar el paso justo en el momento justo. Vos lo sabés mejor que yo.

Natalia se puso de pie y sin hablar le tendió la mano a Chris para que se levantara del banco en el que se habían dispuesto a contemplar la fachada del Congreso de la Nación. Atravesaron la plaza engalanada con fieles y orgullosas imitaciones de faroles antiguos y se fueron caminando en silencio, esa clase de silencio que induce a los interlocutores a entrever los lazos de una afinidad congénita.

Fue Roberto el que los llevó a Chris y a Federico a probar ayahuasca por primera vez. Una noche, en su jardín, les contó el origen curativo de esa planta alucinógena, el uso espiritual que de ella los chamanes de los pueblos cuyos territorios hoy componen Perú y Ecuador hacían para trascender a otros niveles de conciencia. A Federico lo sedujo el poder alucinatorio, las visiones fantásticas, y Chris se entusiasmó con el misticismo de las costumbres ancestrales indígenas.

La semana siguiente, un sábado por la noche, tomaron la ayahuasca al aire libre en una quinta de Maschwitz, a cuarenta kilómetros de la ciudad. Sentados en semicírculo, de a uno fueron pasando al altar donde los guías administraban la infusión. Cada cuarenta minutos aproximadamente se anunciaban las tomas, que eran optativas, y hubo más de seis llamados. Se cantaban mantras sobre una base de percusión. Cuatro tomas hizo Federico; Chris y Roberto se plantaron en tres. Ninguno tuvo alucinaciones con fuego, demonios o serpientes. A Chris incluso le pareció que se había quedado corto con la dosis. Lejos estuvo del vuelo espiritual que anhelaba y no le quedó en el balance más que una imprecisa alteración de los sentidos.

Los tres tenían la certeza de que la ayahuasca podía transportarlos a un plano de percepción ignoto para ellos, por eso volvieron a buscarla el fin de semana siguiente. Esta vez con otros guías, en otro lugar, también al aire libre y al mismo precio accesible que la primera sesión. El semicírculo; un fuego; un cubo para los vómitos; los tambores; los mantras; todo era similar. Pero esta vez Chris alcanzó un nivel de ensimismamiento superior. El trance arrancó torcido cuando a los veinte minutos de la primera toma se sintió incómodo y quiso que se le pasara el efecto. Lo atribuyó al lugar, no sabía por qué pero no le agradaba. Quería huir. Además del estado de adormecimiento notó que se le ralentizaban la respiración y el pulso. Dejó pasar el segundo llamado. Federico y Roberto no aparentaban ningún síntoma. A Chris un creciente hormigueo en la boca, que luego se reprodujo en sus manos, lo inquietaba. Evaluó la posibilidad de decírselo a los chicos. Desistió. ¿Ellos qué podrían hacer? Como el malestar no cedía y lo agravaron las náuseas, decidió que iba pedirle auxilio a uno de los guías peruanos. Pero de repente alucinó una luz en las sombras; y detrás de la luz, una pradera. Empezó a sentirse seguro de sí mismo. El hormigueo, aunque persistía, ya no lo alarmaba. Todo depende del punto de vista, esa era la llave. En sus manos estaba la decisión de que ese fuera un infierno o el sitio predestinado para una noche mística. Sumó confianza y hasta se animó a tomar dos raciones más.

Como un pase al vacío que abre una defensa, asoció, sus ideas fluían por un callejón ancho y libre. En su vertiginosa lucidez, un pensamiento lo llevó a otro y así trazó el paralelismo con la estadía en Buenos Aires. Dudar de sus actos era absurdo; en todo caso, la indecisa era Viki. Él estaba donde tenía que estar y, torpe o no, había hecho lo que tenía que hacer. La suerte de la relación ahora dependía de ella. Desesperarse en consonancia con su coqueteo infantil o sobreponerse, esto sí dependía de él. Precisamente a eso he venido, se dijo, a enfrentar y reescribir la hoja de ruta que le había reseñado el destino.

VIII

LA SEGUNDA VEZ QUE SINTIÓ que lo seguían fue al salir del trabajo, cerca del ministerio. Más evidente que la primera, esta vez no hubo margen para la duda. Incluso alcanzó a distinguir que era un tipo de estatura mediana, morocho. El tipo se dio vuelta y se alejó apenas supo que Chris lo había descubierto. Llevaba camisa celeste y pantalones grises, como cualquier oficinista, como decenas de hombres a esa hora en ese barrio; que a esa hora no era barrio sino centro. El tipo se perdió ágil en la multitud. Chris no pudo verle la cara ni retener señas particulares que fueran útiles para un retrato hablado.

Así confirmó que la primera vez, aquel sábado, no había sido paranoia, puras especulaciones, sino miedo razonable: lo estaban siguiendo. ¿Desde cuándo? La pregunta irrumpió en su mente con la urgencia de un susto. Ahora sí tenía que decírselo a Gary. Pensó en llamarlo o escribirle un *e-mail*. Pero dudó. Quizás tuviera intervenidos el correo electrónico y el teléfono. Un error así podía embarrarlo hasta la garganta.

Volvió a pensar cuánto tiempo haría que lo estaban siguiendo. Probablemente supieran sus costumbres mejor de lo que había imaginado. El trabajo y el vínculo con Totó, desde luego, pero también los amigos, las salidas. O que estaba con ella. Esto lo sabían seguro. Cuántas veces los habrían visto entrar a su casa o besarse furtivos en la calle, creyendo que nadie los marcaba.

Resolvió tomar algunas precauciones para protegerla. En principio, la de contarle el enredo en el que estaba metido. Porque a esa altura no decírselo sería, peor que un engaño peligroso, una demostración del egoísmo más estúpido.

—¿Qué es, tu mejor amigo ahora?

—¿Qué querés decir con eso?

—No sé, digo, como están todo el tiempo juntos. Debe ser que se llevan muy bien, ¿no?

—No entiendo, ¿a dónde querés llegar, Viki?

—Mirá vos, ¿así que sos vos la que no entiende?

—No, no entiendo. ¿Qué te pasa?

—A mí no me pasa nada. En todo caso, ¿a vos qué te pasa?

—No puedo creer lo que estoy escuchando.

—No te hagás la víctima, Nati, no seas trucha.

—¿Qué pensás, que me lo estoy curtiendo? ¿Eh? ¿Eso pensás?

—Yo no dije eso.

—Pero lo estás insinuando.

—Eso lo dijiste vos.

—No lo puedo creer, boluda, estás desconfiando de mí.

—¿Quién dijo que desconfío de vos? Yo simplemente te estoy preguntando, pero veo que el tema te pone nerviosa.

—¿Yo nerviosa? Disculpame, pero me parece que acá la única nerviosa sos vos.

—No me contestaste lo que te pregunté.

—A ver, ¿qué querés que te cuente?

—Que me digas qué onda…, cómo es que se hicieron tan amigos.

—¿Ves que estás desconfiando de mí?

—Te estoy preguntando, nada más.

—Sí, nos estamos haciendo amigos, ¿y? No entiendo por qué te molesta tanto.

—No me molesta, me llama la atención. No sé, digo. Cada vez que los llamo o están juntos o arreglaron para verse.

—¿Y entonces?

—Mirá, yo sé que Chris tiene toda la onda y que está fuerte, y también entiendo que vos no estás con nadie, pero…

—Pero tenés miedo que te lo saque.

—…

—No lo puedo creer: estás celosa.

—¿Qué decís?

—Lo que escuchás, Viki. Estás recelosa, es obvio.

—¡Pero por favor! Lo único que faltaba, celosa.

—No podés más de los celos, es reobvio.

—Estás alucinando cualquiera, Nati.

—Sos vos la que está alucinando.

—Una persona celosa es una persona insegura, y yo tengo mi hombre, ¿entendés? Y sé cómo atenderlo. Por eso lo tengo en mi casa todas las noches.

—Y yo no, ¿eso querés decir, que no sé cómo atender a un hombre?

—Eso lo dijiste vos.

—Escuchame una cosa: en vez de pensar boludeces, por qué mejor no te preocupás por la modelo esa que se está garchando a tu inglesito, ¿eh? Mientras vos perdés el tiempo con tus fantasmas, ella se lo está curtiendo. ¿O no te das cuenta? Y no sea cosa que lo atienda mejor que vos.

Victoria abrió la boca enmudecida, como si pretendiera exhalar el desatorado mazazo que acababa de propinarle su mejor amiga, y evadió la mirada hacia el ventanal donde el departamento de Natalia se desahogaba en un balcón envidiable. Demoró unos segundos en responderle:

—Gracias, Nati, sos una reamiga.

—…

—Ahora sé a quién contarle mis cosas.

—Tenés razón, disculpame.

—No tengo nada que disculparte.

—No, en serio. Me fui a la mierda.

—Está bien. Es lo que pensás, Nati.

—Aparte, escuchame una cosa, ¿no ves que Chris está puesto con vos? El chabón colgó todo en Inglaterra y se vino a buscarte, y vos pensás que tiene onda conmigo. Me hacés reír, boluda.

—…

—Ya sé que es complicada la situación. Y que tenés miedo de perderlo y después arrepentirte. Pero si ustedes no están juntos ahora no es por mí, ¿no te parece?

—…

Al principio creyó que se trataba de una circunstancia insólita. Debe tener un mal día, pobre hombre. Chris venía parado, los puños firmes en el pasamanos y las piernas separadas para no perder el equilibrio. Era una de las primeras veces que tomaba el colectivo. ¿Qué le pasa al conductor?

Venía luchando contra la inercia, como los demás pasajeros, y a desgano obedecía el compás y los sacudones que el pie derecho del chofer dictaba con fervor. ¿Por qué estará tan nervioso? Hubiera querido decirle que se tranquilizara, que podían quitarle la licencia si lo veían conducir en esas condiciones.

Pero con el tiempo comprendió: las frenadas bruscas y las maniobras temerarias eran costumbre. Ya no lo sorprendía la tendencia de algunos choferes al exceso de velocidad, su pasión por meter la trompa primero y ganarle al que viniera, ni las diagonales prepotentes, casi fanáticas, en busca del carril más fluido. Incluso se había habituado a su carácter irascible: tan propensos los señores al enojo, a perder la calma y tirarles el colectivo encima a los taxistas, a los automovilistas y, por qué no, a peatones que pretendiesen anticiparlos en las cebras. Nada de esto lo sorprendía ya. Y sin embargo nunca dejó de sentir el vértigo de estar siempre al borde del choque. Vértigo inútil y zonzo que esos fundamentalistas del volante le infundían a una acción tan cotidiana como el desplazamiento en la ciudad. Algunos de esos dementes le transmitían su tensión y lograban tenerlo con el corazón en la boca hasta llegar a su destino. Como ahora, que iba a un bar a compartir unas cervezas con Gary y notaba que el chofer venía jugando al límite con los semáforos: aceleraba a fondo cuando estaban por cambiar a luz roja y cruzaba las bocacalles, fugaz y enceguecido, sin la menor posibilidad de frenar a tiempo.

Chris miraba por la ventanilla, tratando de concentrarse en otra cosa. Cómo una ciudad tan grande, pensó, casi el doble de París, contaba con sólo cinco líneas de subterráneo. ¡Cuánto tiempo se ahorraría la gente! Proyectó una red de trenes veloces, una red vasta y tupida cuya forma imitase ese octágono imperfecto que dibujan la Avenida General Paz y el Río de la Plata. Se entusiasmó con la idea y hasta pensó en hacerla dinero; él, que nunca había pensado en cómo hacer un negocio.

—No está mal —le dijo Gary llevándose el vaso de cerveza a la boca—. El problema es encontrar un inversor. Y convencer al gobierno.

De todos modos, Gary suponía que el subte, como muchas empresas estatales, ya estaba en manos privadas. Tantos contratos había firmado el gobierno, y tan desfavorables, que sus colegas argentinos hablaban de la Segunda Conquista por los españoles que junto con los franceses se repartieron los principales servicios.

A Gary le parecía lógico que Chris pensara en cómo ganar dinero; él, en cambio, ya planeaba su retiro. No necesariamente en Buenos Aires, pero sí en América Latina. Planeaba continuar como corresponsal unos pocos años y después abocarse de lleno a una vejez cálida y cómoda. Y quizás, en caso de aburrimiento, redactar un libro que sería el pináculo intelectual de una carrera anodina. El plan consistía en volver a Londres unos meses, vender su casa, juntar sus ahorros, comprar una más modesta y ponerla en alquiler. Con el saldo de la compra-venta le alcanzaría para una segunda casa, nada despreciable, a este lado del océano. Y con las libras del alquiler más la pensión, en Buenos Aires viviría holgadamente. Esa maniobra significaba triplicar o quintuplicar su capacidad de consumo. O de ahorro. De hecho, el salario de corresponsal le rendía en Buenos Aires mejor que el de redactor en Londres. A pesar de que Argentina estaba cara, porque el cambio con respecto a la libra no era tan ventajoso como ocurría con el real brasileño o con el bolívar, en Venezuela. La diferencia en el valor de los inmuebles, de todos modos, era sustancial. La misma suma que allá costaba un departamento de tres habitaciones en una zona media, en Buenos Aires alcanzaba para una casona con jardín y piscina en un barrio acomodado. Más tentadora aún era la diferencia del clima.

—Ya te dije el día que te conocí —le dijo Gary—: acá hay buenas mujeres, buen fútbol, buena carne. ¿Qué más podés querer?

Aparte, el exilio le daba una visión particular de las cosas, un punto de vista más abstracto tal vez, como si el hecho de ser inmigrante le permitiera tomar distancia o involucrarse menos con lo que sucedía a su alrededor.

Chris le contó que acababa de cambiar de trabajo y que iba a alquilar un departamento para que el padre de Viki pudiese disponer del suyo. Después de brindar por la noticia, Gary se sorprendió de que hubiese conseguido un puesto en el Ministerio del Interior y, sobre todo, de que el padre de Viki fuese el diputado Baldoria.

—No sabía que era tu suegro en las sombras —le dijo. Y le sugirió, parte en broma, parte en serio, que no le contara de su amistad al diputado. Ni a la hija.

Una mañana, Gary lo invitó a sobrevolar Buenos Aires en helicóptero. Le habían encargado tomas aéreas para un documental. Chris se deslumbró con la vista panorámica de los edificios y de las anchas avenidas, como Avenida de Mayo, que en una punta exhibía la Casa Rosada y en la otra el Congreso. O con la extensión del ejido urbano: el paisaje cuadricular que las calles trazaban a sus pies parecía infinito. Lo asombró descubrir que la General Paz era un límite mentiroso, que Buenos Aires terminaba mucho más allá de esa autopista. Casi tres millones de habitantes, le informó su compatriota, y doce millones incluyendo el Conurbano. También reparó en las villas miseria, adonde, según le dijeron, ni la policía osaba entrar. No era la primera vez que veía una pero jamás imaginó que hubiese tantas ni que tuvieran ese tamaño.

Proyectada en el mapa, su vida había transcurrido en el corredor norte, desde Retiro hasta el delta del Tigre. Esta circunstancia tal vez explique su incapacidad de comprender cabalmente a qué se refería Gary con eso de la exclusión social y de las dos Argentinas. Y también por qué le pareció una hipérbole tendenciosa cuando su amigo periodista dijo que el Conurbano estaba a punto de convertirse en un cinturón de pobreza. Chris estudiaba el paisaje a sus pies, con minuciosidad, y no encontraba lo que oía. Miraba esos barrios petisos y los veía modestos pero convencionales.

Una de las cosas que más le fascinaban de su amigo eran las anécdotas. Como el reportaje a Pinochet. O esa otra, la del precandidato en Bolivia, un hombre circunspecto y prudente, a quien postularon a la Vicepresidencia de la Nación sin previo aviso, contra su voluntad y ante una multitud, y en el fragor del abrazo, mientras lo felicitaban, le robaron la billetera.

Varias veces creyó Chris que su amigo exageraba. Una que se grabó en su memoria fue la del saqueo de la municipalidad de San Martín, en el Gran Buenos Aires. Los funcionarios que mandaban el municipio y sus acólitos habían sido derrotados en las urnas pero no en su moral: el electorado se equivocaba, y mucho, si pensaba que iban a irse con las manos vacías. Teléfonos, computadoras, resmas, mesas y sillas, una ambulancia, un colectivo, tres caballos, una heladera, lápices. Y por supuesto, un sable original de don José de San Martín, prócer en cuyo honor se había nombrado la localidad.

Así, aleatoriamente, a través de Gary lo sedujo la efervescencia del periodismo. Esa sensación de asistir a los entretelones del poder. Y ese otro capricho, el de saber antes que nadie, en tiempo real, lo que la mayoría de la gente ignora. Un sábado, por hacer algo distinto, lo acompañó a una manifestación y su vida nunca más fue la que era.

IX

LO PRIMERO QUE PERCIBIÓ, mientras aún le pagaban al taxista, fue un ritmo de bombos, platillos y redoblantes. La gente hacía gestos histriónicos y cantaba a voz en cuello.

En reclamo por el deterioro de la Salud Pública, ya había unas cuantas decenas de personas frente al hospital Garrahan cuando Chris y Gary llegaron a Parque Patricios. Gary se acercó a saludar a unos colegas. Atrás había quedado ese frío gris y agresivo, casi europeo, que por suerte no duraba en Buenos Aires más de uno o dos meses. Chris se quitó el pulóver y echó un vistazo alrededor. La presencia de los bombos dominaba el ambiente; también había trompetas y silbatos. Con la satisfacción de quien por fin domina claramente un idioma, Chris escuchó que las canciones exigían, lo mismo que las pancartas, mayor presupuesto para equipar los hospitales. Nunca había participado de una manifestación, ni siquiera en Londres; todo ese despliegue le resultaba exótico. Especialmente la murga. El baile y el ritmo, pero también la ropa de los murgueros, los colores fuertes y chillones, las galeras. Eso estaba observando cuando Gary le presentó a un periodista y le pidió que lo esperara ahí mientras él hablaba con los responsables de la organización. Iba a haber tres discursos y después la gente marcharía hasta el Congreso, le dijo. Allí concluiría la movilización, con un abrazo simbólico a la Carpa Blanca, una inmensa carpa que los maestros habían levantado frente al Palacio Legislativo para ayunar en protesta contra el declive de la Educación Pública.

Proclamados los discursos, Chris y Gary subieron al Fiat Duna de un fotógrafo del diario *Página/12* y en minutos llegaron a la carpa. Chris fumó un cigarrillo mientras los periodistas iban a saludar a los ayunantes.

Después, horas después, por Entre Ríos asomaron la marcha y la murga, que había cubierto la distancia entre el hospital y el Congreso a pie, bailando. Y así, contra la fatiga, con más voluntad que fuerzas, la murga siguió bailando cuando por fin se plantó frente a la carpa. Los bombos y los platillos, los redoblantes, silbatos y trompetas; la murga se había convertido en el alma de la manifestación. Sin desatender el baile, una murguera avanzó desinhibida y se ubicó a la altura de Chris. Las piernas de la morocha lo hechizaron grave.

La murguera lo estaba fichando cuando Chris la miró a los ojos. Lo estaba midiendo y le sostuvo la mirada, por si había alguna duda, decidida, orgullosa de que él también la buscara.

—Yo haría algo si fuera vos —le dijo Gary.

—Dios, qué mujer.

—Si coge como baila, es un espectáculo.

El baile continuó unos minutos más, que Chris aprovechó ensayando frases para acometer la conquista. La morocha quedó cerca suyo cuando finalmente callaron los bombos. Ella lo miró de nuevo y de nuevo le aguantó la mirada antes de darle la espalda.

—Te felicito —se acercó él—, hicieron un espectáculo brillante. Vos estuviste brillante.

—Gracias.

—Lo único, vas a tener que volver al hospital y hacerte un trasplante de pies —bromeó con incomodidad y sin gracia, apurado.

—Sí, no quieren más, pobrecitos.

—¡Y, también…! —dijo y miró el reloj en su muñeca. Por reflejo, porque en realidad no sabía a qué hora había empezado el acto—. Hace horas que no paran.

—Estoy fundida.

—¿Puedo comprarte algo para tomar?

—Te agradezco, pero ahora seguro nos traen una gaseosa.

—Mirá que a mí no me molesta.

—No, en serio, no te preocupes. ¿Cómo te llamás?

—Chris.

—¿Cris?

—Ajá.

—¿Por Cristian?

—Por Chris.

—Es la primera vez que escucho ese nombre.

—¿Te gusta?

—Está bueno, sí. ¿De dónde sos?

—Catamarca —dijo con seriedad, espontáneo, y ella le festejó el chiste.

—¿Tenés un teléfono donde pueda ubicarte? —atacó él.

—Me imaginaba que no eras de acá.

—¿Por? ¿Cómo te diste cuenta? —volvió a ironizar.

Pero esta vez ella sintió que él se burlaba y sonrió por compromiso.

—En serio, ¿por qué creías que no era de acá?

—Los pantalones, el peinado, no sé.

—Es una tarde hermosa —dijo mirando alrededor, en un intento por recuperar los metros perdidos.

—No está mal, un poco fresca todavía. ¿Qué viniste, de vacaciones?

—Estoy viviendo acá hace un año.

—¿Y cuánto te vas a quedar?

—Lo que haga falta —disparó seguro y provocador, apuntándole directo a las pupilas.

La morocha se rió y bajó la mirada.

—¿Querés ir a tomar una cerveza? —intentó el inglés una segunda incursión.

—No, ahora no puedo.

—Dale, es un rato nomás.

—No puedo —se negó sonriente, satisfecha de sentirse deseada.

—Te juro que es una pena. Más de lo que pensás. Creeme que lo lamento. De corazón.

Y así, con esta cursilería chistosa, así le sacó la enésima sonrisa. Como ella no respondía, Chris volvió al ataque:

—Al menos dejame tu número y te llamo.

—Es que no sé si me vas a encontrar. Vivo con mi hermana pero no estoy todos los días ahí.

—No importa. Dame el número y pruebo.

—No, mejor dame el tuyo.

Él hizo una pausa de actor, mientras buscaba letra, y con una sonrisa matizó la sensiblería:

—No puedo dejarte ir así nomás. Quiero decir, ya sé que recién te conozco, pero no importa. No quiero nada, sólo quiero verte otra vez.

Rebosantes de un entusiasmo indómito y repentino, la murguera fijó sus ojos en los de Chris.

—Una vez más al menos —le rogó él—. En serio, necesito volver a verte.

—Mejor hagamos así —se repuso ella—, ¿tenés para anotar? Vení a buscarme al ensayo el sábado que viene.

Chris le pidió lápiz y papel a Gary y anotó la dirección. Un club social en Boedo; el ensayo terminaba a las cinco.

A las cinco menos veinte, una semana después, Chris pasaba por la puerta del club social y decidía, para no llegar tan temprano, hacer un pequeño *tour* por la zona. Paró en un kiosco y compró un paquete de cigarrillos: $1,50. Mucho más barato que en Londres. Igual que el vino y la carne. Cinco menos cinco estuvo en la cancha de voleibol, justo para ver los últimos minutos de la murga. Ella le hizo una seña. Y a él se le aceleró el pulso cuando la vio venir, con una sonrisa, a decirle que ya estaban por terminar. Era más linda de lo que había creído, pensó mientras la veía alejarse.

Luego del ensayo fueron a tomar una cerveza y a una plaza. Lula hablaba poco y conciso, muy conciso, con oraciones lacónicas que sacudían la atención de Chris, menos lúcido y más disperso, pendiente de algunos detalles que recién ahora notaba, como su pelo lacio y largo, azabache, o sus labios mullidos. Definitivamente era más hermosa de lo que había supuesto. Mucho más. Y aparte un rasgo impreciso, quizás sus silencios o su actitud resuelta, la hacía aún más intrigante.

Un murguero le había cruzado una mirada hostil, a la salida del club social, cuando vio que se iba con Lula. En alusión a ese cruce, Chris hizo un chiste y ella sonrió, y no hubo más tiempo para la tensión sexual porque en ese instante Lula le asestó un beso. La ansiedad se tradujo entonces en un frenesí que les selló los labios y los retuvo el resto de la tarde en un banco sin respaldar, a la vera de un arenero en el que se ausentaban hamacas y toboganes.

Esa noche Lula no pudo salir con él. Era el cumpleaños de una amiga, le dijo. Y tampoco le dio el número de teléfono. Lula no tenía celular y vivía con su hermana mayor, pero no siempre la ubicaría allá, a veces dormía con su otra hermana, por eso iba a ser mejor que él le dejara el suyo. Aunque la excusa le sonaba poco creíble, decidió que no le convenía mostrarse curioso y se conformó con darle sus dos números: el celular y el del departamento al que se había mudado. Ya era de noche en Boedo cuando subió a un colectivo para volver a Recoleta.

Se iba con la leve insatisfacción que suele despertar en un hombre la interrupción no deseada de un encuentro auspicioso con una mujer desconocida y hermética que tiende un velo de incertidumbre sobre la probabilidad de una segunda cita. Pero mientras los barrios desfilaban por la ventanilla del colectivo, imprevistamente lo aguijoneó un acceso de euforia, una de esas emociones que perseguía su aventura porteña y que nunca hubiera supuesto encontrar en esas circunstancias.

Escuchó los mensajes en el contestador al tiempo que encendía una pipa de marihuana, y puso un CD de Massive Attack. Bajo el agua, en la ducha, repasó minuciosamente la tarde. No había estado nada mal, se felicitó. Se vistió, destapó una cerveza y llamó a los chicos.

Fue con Federico y Robert a cenar, primero, y a un boliche después. Estaba feliz. La noche la remató con Fede en un *after hour*, un sótano en Avenida de Mayo, El Panteón, donde sonaba la Urban Groove.

Lula había prometido llamarlo en la semana. Todos los días, de vuelta del trabajo, lo primero que hacía Chris era escuchar los mensajes en el contestador. Recién el miércoles tuvo noticias de Lula, que lo invitó a Metrópolis. Se encontraron en Plaza Italia el jueves por la noche, y antes del baile despacharon unas salchichas con chucrut en un restaurante sobre Santa Fe.

La cumbia los abrazó apenas entraron a la Metro. «Polenta bien polenta», como le gustaba decir a un compañero del Ministerio, en los parlantes sonaba Yerba Brava, uno de los grupos que iban a tocar esa noche. Chris notó inmediatamente que había algo raro además de la música. No sabía qué, pero era distinto a los demás boliches. Fueron a la barra y compraron cerveza. Lula le pidió que la esperara un minuto, iba al baño y volvía.

La música era ese ritmo latino, pensó cuando estuvo solo, que ya había escuchado en la calle y en los colectivos y que no se parecía al merengue ni a la salsa. Un paneo rápido le bastó para comprender que la Metro era *working class,* nada que ver con las discos de Costanera. Los tipos usaban ropa deportiva, de fútbol sobre todo, y el vestuario de las mujeres también era raso. Nadie lo miró desafiante ni le dijo nada, pero igualmente el lugar le pareció áspero. Por eso se le ocurrió que ahí podía encontrarse con el Cata, uno de los ladrones, el de la púa, que lo había desvalijado en aquel taxi tramposo a la salida del aeropuerto. Por un segundo se puso alerta. ¿Qué carajo estoy haciendo?, intentó calmarse, *I'm freaking out.* Trenzado en esa pulseada psicológica contra sí mismo, estaba mirando fijamente el escudo de la AFA en el suéter de una chica y de pronto se avivó: era la luz esa cosa rara que había notado al entrar. Una luz tímida pero indiscreta, omnipresente, que no dejaba a oscuras un solo rincón de la disco.

La luz era por seguridad, le explicó Lula de vuelta en la barra, para evitar peleas. También por eso había un detector de metales y se revisaba a la gente en la entrada. Algún que otro beso robó él, entre trago y trago, mientras fumaban un cigarrillo, y después ella lo llevó a la pista.

La pista fue un arduo desafío para Chris. Sobre todo al comienzo, cuando se dio cuenta de que su paso desencajaba ridículo y llamaba la atención. En mucho difería del compás de la gente, más cadencioso, menos atlético, y hasta pasaba por torpe. Afortunadamente, Lula sobraba la escena con aplomo y a él le ocupaba las manos una cerveza: se quedó quieto, ¿para qué seguir desentonando?, y resolvió evadirse del entorno concentrándose en ella, que buscaba su atención y se lucía para él.

De pelo largo, con minifalda negra, el top negro sin hombros y rojas las sandalias de taco alto, Lula bailaba con medida sensualidad. Sus piernas cobrizas, esculpidas por la danza, para Chris eran un lujo inverosímil. Sin presunción, sonriente, ella moderaba su talento y su energía, como si un mayor esmero ya fuera vanagloriarse.

Por copiarles el paso, Chris observó que los varones, aunque más sobrios, también quebraban caderas. Las meneaban resueltos, sin el más mínimo pudor. Liquidó el último trago y pensó en pedir otra cerveza a los mozos que peinaban la pista como vendedores ambulantes haciendo sonar el destapador contra la bandeja de metal que colgaba de sus cuellos. Pero necesitaba algo más fuerte si pretendía mover así las caderas. Recién después del tercer gin tonic se soltó. Algo tímido al comienzo, hasta que Lula lo tomó de las manos y le enseñó a bailar en pareja a este ingeniero en sistemas oriundo de Manchester.

Cuando los cuerpos habían conseguido sincronizarse, Chris sintió un muslo inesperado y sutil que armoniosamente se calzaba en su entrepierna y así permanecía, sin perder el ritmo, al son de la cumbia. Un principio de erección lo atizó y ella lo estrechó más fuerte contra su pecho. Él le besó los hombros finos, castaños. El cuello. La boca.

—Cogeme —le pidió ella al oído—, quiero que me cojas.

Se fueron de Metrópolis antes de que la primera banda subiera al escenario. Un taxi los llevó derecho a lo de Chris.

(What's the story) Morning glory?, quiso escuchar Lula cuando Chris propuso que buscase una FM de cumbia.

—¿Qué pasa? —dijo serio— ¿No querés verme bailar otra vez?

Y sin reírse ejecutó un quiebre más próximo al atletismo que a la cumbia. La que se reía grave era ella, seducida por ese humor que consideraba inteligente y que se proponía emular.

Lula pedía que le hablara en inglés, aunque más de siete expresiones anglosajonas no conocía. Pero le fascinaba escucharlo. Le fascinaba, sobre todo, que Chris entendiese las letras de las canciones que a ella le resultaban indescifrables.

Tres horas después, a las 8 a. m., Chris se levantó para ir al trabajo y despertó a Lula. Sirvió té con leche, destapó una coca-cola, para la resaca, según él, y disimuladamente coló en el desayuno una libreta en la que ella anotó el teléfono de su hermana mayor.

Llegó al Ministerio con una sensación ambigua de cansancio y plenitud, cuyo signo más evidente era el rostro.

—¡Epa!, qué carucha. ¿Hubo fiesta anoche?

—Buenos días —saludó Chris.

—Uuuuy, miralo a mister Shonson.

—Uuuuuuh, ¡cómo estamos, eh!

—¿Qué onda, Reny, dónde te metiste?

—Fue de travas, boludo, ¿no te das cuenta?

—Andá a cagar —se defendió Chris—. El que sale con travestis sos vos.

—Dale, pirata, confesá que te gusta el bastón —se plegaban todos a la burla.

—¡Qué noche la de anoche! ¿Eh? ¿O no, Reny?

—Pará, boludo, dejalo que cuente.

—¡Reny Shonson en la noche porteña!

—Reny, llamalo, Reny, ¡che! ¿Cuál hiciste ayer, boludo?

—Fui a Metrópolis.

—¿¡Metrópolis!?

—Naaaaaaaa, no puede ser.

—¿Metrópolis? ¿Qué, te va la cumbia?

—No está mal para bailar —dijo con la voz sedada.

—¡Qué grande! Reny Shonson en la Metro.

—No lo puedo creer.

—¡Ay, qué roquero que sos! «No lo puedo creer», dice este boludo. ¿Pero quién sos, gil? Qué te la das de roquero si vos tenés menos *rock* que una monja. Bobo. Al chabón le cabe la cumbia, ¿y qué?

—¡Bueno, bueno, epa!, no te pongas así. ¿Qué pasa, encontraste un cómplice, Rodríguez?

—Hacete coger, puto —respondió el director nacional de relaciones con la comunidad.

—Callensé, boludo, déjenlo que cuente.

—Fui a Metrópolis con una morocha… una… ¿cómo se dice?…. Fuera de serie.

—¡Buena, galán! Usté sí que sabe, Reny.

—¿Y la pusiste, boludo?

—No sabés lo buena que está. Es hermosa.

—¿Pero te la garchaste o no?

—Ella me garchó a mí.

Habían terminado con el mate y las facturas, y hacía media hora que versaban sobre otras materias no menos cardinales, cuando finalmente se les dio por trabajar, porque, como apuntó el subsecretario de asuntos políticos, después de todo para eso estaban.

—Escuchame, antes que me olvide. Ahora que sabemos que te va la cumbia, Reny, cuando quieras avisanos. ¿O no, Tincho? Y la hacemos bien. Tincho era asesor de reviente en la municipalidad de Moreno.

—Callate, nabo.

—No le hagás caso, Reny, Tincho se hace el modesto. Vos avisame a mí.

En general, podría decirse que la gente del trabajo lo trataba bien. Incluso al principio, cuando nadie lo conocía. Por supuesto, detractores no le faltaron: hubo quienes lo miraban con resentimiento y alguno hasta con envidia. Pero bastante bien le fue, considerando su situación de paracaidista británico en el Ministerio del Interior.

Un compañero del sector de informática era con quien mejor se entendía. Fanático de San Lorenzo, «el pibe» no perdía oportunidad para hostigarlo por haberse hecho simpatizante de Boca. Un inglés no puede ser bostero, lo provocaba, y aparte, digo ¿no?, ya que estás en Argentina hubieras elegido un club argentino, ¿no te parece? Para eso te hubieras ido a Bolivia o a Paraguay: ¡Bostero, bostero, bostero! ¡Bostero, no lo pienses más, andate a vivir a Bolivia, toda tu familia está allá!, remataba la broma con uno de los cánticos más escuchados en la tribuna de San Lorenzo.

Fue «el pibe» quien le contó que un barrabrava de Boca trabajaba como empleado de seguridad en el Ministerio. No era el jefe de la barra, pero se mantenía en la cúpula desde la época del legendario líder José Barrita. Era un histórico que había sobrevivido a la dura interna por la sucesión de La 12; aunque fueron dos hermanos, en realidad, los que tuvieron el pulso más firme en esa controversia.

Una tarde lo cruzó en el kiosco y, como el barra no abría la conversación, Chris habló primero.

—¿Sabés cuándo juega la Selección?

—Esta semana no, la que viene.

—Y sabés qué onda para conseguir entradas.

—No sé. Vas a tener que ir a River, supongo.

—Sí, algo tengo que hacer: Argentina–Brasil es el mejor *derby* del mundo. No me lo puedo perder; ni empedo.

—¿De dónde sos vos?

—Inglaterra.

—¿Inglaterra? —repitió mecánicamente mientras pensaba «Este boludo no sabe quién soy».

—En realidad, nací en Escocia —enderezó Chris—, pero me fui a vivir a Londres. Mis viejos se mudaron a Londres por trabajo.

—Así que hay más laburo en Inglaterra.

—Mucho más.

—¿Y a qué viniste acá, por trabajo?

—Es un sueño que tengo desde chico: conocer la tierra de Maradona.

El barra lo miró a los ojos, otra vez asombrado. A Chris esta explicación le resultaba fácil, tan natural que poco le costaba creérsela. Dijo que le parecía entendible la bronca de los ingleses en el '86, sobre todo por el gol con la mano, como entendible la de los argentinos por Malvinas. Pero el segundo gol de Diego en el '86, ¡Dios mío, qué obra de arte!, se congració, no se podía estar en contra de eso. Cualquier hincha de fútbol lo sabía, Maradona era el futbolista más grande de todas las épocas.

—¿De qué cuadro sos? —lo interpeló el barra.

—¿Acá o allá?

—Las dos cosas.

—Manchester City y Boca.

—...

—Fui varias veces a la Bombonera.

—¿Y qué te pareció?

—Espectacular. La hinchada, los bombos, las banderas..., es incomparable. Lo seguí a Boca casi todo el campeonato. Me perdí el partido contra Vélez, y contra Lanús fui solo. El chabón con el que iba antes —Chris se esmeraba en exhibir todos los términos del lunfardo que había logrado recolectar— ahora empezó con que no puede porque labura. Que está ocupado, que qué sé yo.

Antes de despedirse, el tipo quiso saber en qué sector trabajaba Chris. Y después averiguó que había entrado al Ministerio de la mano del diputado Baldoria.

Camino a lo de su hermana, cuando escampó el sueño de su mente y por fin estuvo despierta, Lula se arrepintió de haberle dejado a Chris el número de teléfono. «Tonta», pensó, «soy una blanda, cómo no pude meterle una excusa». Ahora iba a tener que contarle a Emilse quién era ese chico con acento extranjero. Y peor aún, más riesgoso para su temerosa discreción, si Emilse le daba a Chris el número de Haydée.

Llegó dispuesta a marcarle los límites de su intimidad la próxima vez que quedaron. Toda cosa quiere su tiempo, algo así se prometió decirle. Que para qué tanto apuro, que era demasiado pronto para andarse encima. Pero él estuvo inmediatamente de acuerdo, cualquier cosa pretendía ser menos un estorbo, según sus propias palabras, cuando Lula empezó con que no quería compromisos, que mejor ella lo llamaba para no tener que darle explicaciones a su hermana mayor. Tan convencido y tan rápido asintió él, que a ella le pareció adolescente seguir amonestándolo y prefirió no pasar por ridícula.

También en eso Chris era especial, pensaba Lula. Porque no quería imponer su carácter ni que le dieran todo el tiempo la razón. Tampoco hacía preguntas molestas ni se la daba de macho. Él sí que no era celoso. Tenía una actitud más relajada. Y sabía reírse de sí mismo, virtud infrecuente en varones rioplatenses que oscilan entre los treinta y cincuenta años. Quizás por eso se sentía tan cómoda, razonaba ella, quizás por eso le costaba tanto despegarse cuando estaban juntos.

Varias veces la acompañó en colectivo hasta Liniers cuando Lula iba a visitar a su amiga a Merlo. La acompañaba hasta la estación de trenes y volvía solo, en el 21, mirando por la ventanilla el corte transversal de la ciudad que el colectivo traza en su recorrido por los barrios.

Dos trabajos tenía Lula: bailaba en una disco de Villa Lugano, donde le pagaban por noche, y tres días a la semana era mesera en un restaurante. Con las propinas llegaba a fin de mes pero lo suyo era el baile. Soñaba con llegar a la tele y aprender a cantar, como Madonna, para tener todo lo que ahora no tenían ella, su hermanito y sus hermanas.

No sólo por la cruda imagen de los chicos que trabajan o piden, esto era en cualquier zona, sino también por otros rasgos como la ropa percudida de los pasajeros o los trenes que viajaban con las puertas abiertas, fue en la estación de Liniers que Chris le vio la cara al subdesarrollo, y por primera vez tuvo conciencia cabal de lo que hablaban Gary y sus amigos en las reuniones. Dos países distintos eran esa estación y la de Martínez, donde vivía el padre de Federico.

A Chris también le costaba despedirse cuando se veían. Por salir con Lula no pocas veces rechazó a Carola. Y aunque algún reproche se hizo a sí mismo no se arrepintió cuando Carola dejó de llamarlo.

Cada vez que se cruzaba con el barra en el Ministerio Chris sabía todo sobre Boca: qué jugadores estaban lesionados, cuáles iban a ser titulares y cuáles ni siquiera suplentes; sabía los rumores de los futuros fichajes y sabía incluso los rivales de los equipos que le discutían a Boca el campeonato.

En una de esas conversaciones, como el protegido del diputado Baldoria no tenía con quien ir a la cancha, el barra lo invitó a que fueran juntos el domingo siguiente. Lo llevó de local, primero, al medio de La 12, y de visitante después. Y una tarde que Boca jugaba contra Newell's lo llevó a Rosario. Ese día Chris conoció a otro barra, el Chelo, con el que sintonizó de inmediato y con el que empezaría a juntarse, antes y después de los partidos, a tomar cerveza. Se lo había presentado el tipo del Ministerio, que por ser de los más capos viajaba en coche, para que lo acompañara a Chris en uno de los micros con el resto de la hinchada.

Chelo paraba con siete u ocho vagos, todos de La 12, en una parrilla de Monserrat. Choripán, mollejas, asado de tira o bife de chorizo almorzaban y de ahí salían para juntarse con los demás antes de entrar a la cancha. Chris tenía la virtud de ser simpático sin ser cargoso. Y tenía, sobre todo, la protección del tipo del Ministerio, con lo que ya le alcanzaba para caerle bien a quien fuera. Pero aparte lo veían como una excentricidad. Por eso «el Escocés» calzó tan fácil en el grupo. Le preguntaban qué decían de México '86 los ingleses y cómo eran los *hooligans*. No le creyeron y hasta lo consideraron algo ingenuo cuando aseguró que los *hooligans* no usaban pistolas ni revólver.

X

LULA ESTABA BARRIENDO la cocina mientras su hermanito, con la cabeza gacha, los codos sobre el mantel de hule, tomaba la leche a desgano.

—Dale, decime que me la vas a comprar.

—Primero tenés que tomar la leche.

—Ufa, no quiero la leche.

—Entonces no hay camiseta.

—Siempre me dicen lo mismo y nunca me la compran.

—Es muy cara esa camiseta, Juani, ya te lo expliqué.

—¿Y mis ahorros?

—Pero no alcanza, mi amor, esa camiseta vale mucho. Ya te la vamos a comprar.

—¡Vos me decís eso porque no sos mi mamá!

—No, mi amor, cómo podés pensar eso. Yo no soy tu mamá, pero eso no tiene nada que ver, Juani.

—¡Todo que ver tiene! Vos no sabés nada.

—A ver: ¿qué es lo que no sé?

—¡Los chicos de la escuela tienen razón!

—¿Ah sí? ¿Y qué es lo que dicen esos panchos?

—Vos no sos mi mamá. Y Emilse tampoco y Haydée tampoco. Y yo tampoco tengo papá, porque Ramón no es mi papá, es el novio de Emilse.

—¿Y eso qué tiene que ver? Vos tenés tres hermanas que te quieren mucho mucho, un montonazo, y Ramón también te quiere.

—Pero no tengo padres como mis compañeros.

—¿Y qué compañerito tuyo tiene tres hermanas que lo quieran tanto? ¿Eh? ¿Y que sean tan lindas?

—¡Parala!

—Y aparte Ramón ya te dijo que te compra una camiseta de Boca si querés.

—Pero esa es trucha. Yo quiero la que usan los jugadores.

—Es lo mismo, enano, ¿o no tiene los mismos colores?

—¡A mí no me decís enano, eh! Y no es lo mismo.

—Decile al que te dijo eso que no sabe nada. ¿O te pensás que Boca siempre usó la misma camiseta? Más vale que no. Si hasta Maradona usaba una distinta. Y si no me creés, mirá las fotos que tenés en tu cuarto.

—¿Ves que ya empezás a decirme otra cosa?

—Bueno, está bien, está bien. Te lo prometo. Yo me voy a poner a ahorrar hoy mismo y aparte voy a hablar con Emilse y con Haydée.

—¿De verdad, no me mentís?

—Claro que es verdad, ¿cómo te voy a mentir? Dale, terminá la leche o no hay camiseta.

La conversación de Gary y sus amigos en las reuniones, aunque carecía de autocrítica y soslayaba un debate a fondo sobre la incidencia del periodismo en el orden de cosas que tanto cuestionaba, era alucinante. Sobre todo la relativa al proceso de privatización de las empresas estatales que —le explicó a Chris un periodista de *Página/12* — había descorchado una fiesta en el mundo de los negocios y las finanzas.

A esta altura, para no perder el hilo de esas charlas, Chris ya había empezado a leer diarios y revistas compulsivamente y a seguir informativos de televisión. En menos de un año en Buenos Aires se informó el doble que toda su vida en Gran Bretaña.

La voz de Lula en el contestador lo levantó de la cama con el apuro de un pugilista antes del *knock out*. Se apuró como pudo al teléfono y porque era ella, de lo contrario ni se hubiera movido. Eran las 9 a. m. y Lula llamaba para decirle que hoy no podría salir con él: tenía que cuidar a su hermano. Por no pasar el fin de semana sin verla, Chris insistió en que no le molestaba dar una vuelta con Juani: seguro que a Juani le gustaría ir a la plaza o a los videojuegos.

Se encontraron en Parque Lezama. Mientras Juani se entretenía con el fútbol y con los chicos, recién entonces Lula le contó a Chris, más por Juani que por ella, un resumen de su familia. El padre los había abandonado antes de que Lula terminara la escuela secundaria y un año después murió la madre; la hermana mayor era Emilse y Haydée la del medio. Haydée era peluquera y soñaba con montar su propio local. Emilse le había encontrado el gustito a la política, militaba en una agrupación. Dos o tres preguntas hizo él, y desistió al notar que incomodaba.

Después del parque fueron a los videojuegos y de ahí a tomar un helado. Juani alzaba la voz excitado y corría de un lado a otro, infatigable. Chris le prestaba atención y lo desafiaba a los juegos de coches y a los de fútbol; le hablaba de música o de Boca, que esa noche visitaba a Talleres.

Lula los miraba fascinada: esa sensación desagradable del comienzo, la de mostrarle su intimidad a un desconocido, ya no la tenía; o la tenía y no le importaba, porque Juani se reía a carcajadas del acento de Chris. Así caminaban cuando pasaron frente a un local de deportes.

—¡Mirá, esa es la que yo digo! —se detuvo el chico, y como una ventosa se pegó a la vidriera antes de correr a preguntar cuánto valía la camiseta xeneize.

Lula entró detrás, más que nerviosa ruborizada, y Chris la siguió. Al vendedor no le molestó que el chico se la probase, aunque ella le avisó y reiteró que no tenían dinero.

Chris estuvo a punto de resolver la situación con su tarjeta de crédito. Pero la vio a Lula tan consternada, que no quiso ser imprudente. Salieron del local, Lula retándolo a su hermanito.

—Para ahorrar hay que tener paciencia —le dijo Chris a Juani, en un intento por distender el clima—. ¿Cuánto tenés ahorrado?

—No le alcanza lo que tiene —terció Lula, con un descalificador tono de obviedad.

—Ya tengo tres pesos —protestó Juani.

Cincuenta y seis costaba la camiseta. Chris levantó la vista, miró alrededor y la miró a Lula.

—¿Vamos a un bar? —le dijo—, tengo sed y quiero sentarme. ¿Quién tiene sed? —preguntó en voz alta, mirando de reojo al niño que recogió el guante inmediatamente:

—¡Yo quiero una coca!

En el bar, por vergüenza o por orgullo, Lula explicó los antecedentes del episodio y dijo que más temprano que tarde iban a comprar la camiseta. Para minimizar el asunto, con un tono que rayaba el desinterés, Chris improvisó que a la edad de Juani él había hecho cosas peores; y después realizó un giro estratégico en la conversación. Habló de minucias un rato hasta que desapareció el gesto incómodo en la cara de Lula, hasta que ella misma se entusiasmó detallando los cursos de danza en los que planeaba inscribirse. Recobrada la armonía, Chris ordenó otra coca para Juani, un café para Lula, y salió a comprar cigarrillos.

Salió a la vereda y pasó delante de un kiosco sin detenerse, con paso ligero, hacia el local de deportes. Encaró al vendedor que los había atendido y le pidió «la camiseta que se había probado el nene». Acto seguido fue a la caja para no perder tiempo.

Entró al bar, con una bolsa detrás de la cintura, y cuando estuvo en la mesa la apoyó delante de Juani:

—Me parece que adentro hay algo para vos.

El chico abrió la bolsa con desaforada alegría, adivinando la camiseta, y gritó un festejo eufórico cuando la tuvo en sus manos.

Que no la podían aceptar, protestó Lula: le iba a devolver la plata. Lo decía en serio, queriendo ponerse seria, aunque se le escapaba la felicidad por los ojos. Porque la cortesía del inglés la pudo. Barrió con toda defensa o distancia, y la pudo.

Modesto y sutil, con astucia, Chris cambió de tema cuando empezaron a proliferar las frases de gratitud.

—Tengo un plan —dijo—, Boca juega a las ocho. Ahora son las..., siete y diez, comemos algo y vemos el partido, y después vamos al cine. ¿Qué les parece?

Juani pidió comer en McDonald's y la reticencia de Lula ni un segundo se sostuvo.

Después del cine, un colectivo los arrimó a lo de la hermana mayor, en La Boca. Juani, aliado fiel y perseverante, no quiso que Chris se despidiera apenas llegaron. Como la hermana y el novio habían salido, y para no seguir a esa hora, ahí parados en la puerta, Lula lo hizo pasar.

—Creo que debería irme —mintió él con premeditado oportunismo.

Pero ella volvió a insistir. Y él puso el límite:

—Un rato nada más —dijo triunfante y sereno, en una falsa demostración de mesura.

Jugaron dos o tres partidas de Jodete, con naipes españoles, y recién después Juani accedió a irse a la cama.

—No le vayas a decir a Emilse que fuimos a McDonald's, ¿eh? —lo despidió Lula.

—Gracias.

—¿Por qué?

—Por la camiseta. Yo sé que en parte lo hiciste por mí.

—¿Por vos?

—…

—¿Quién te dijo que lo hice por vos?

—Dale, no te hagás el tonto.

—En serio te digo. No te peines —copiaba Chris los chistes del trabajo— que en esta foto no salís. ¿De qué te reís? La camiseta es entre Juani y yo.

Estaban en la terraza del edificio donde se habían ocultado para fumar marihuana. Delante de ellos, las luces más altas del barrio despuntaban con nitidez en la profunda oscuridad. Emilse y Ramón no volverían hasta bien entrada la noche, pero al rato Chris insistió con que ya era hora de marcharse. Bajaron a buscar los lentes de sol que él había olvidado en la cocina, y al abrir la puerta los sorprendió el cuñado de Lula.

—¿Qué hacés acá?, se alteró ella.

—Terminó antes —dijo tranquilamente Ramón, mirándolo a Chris—, no había mucha gente.

Emilse entró al comedor e hizo un saludo general.

—Mucho gusto, yo soy Chris —se presentó solo y con alguna demora cuando vio que Lula no reaccionaba.

Emilse le preguntó de dónde era y cuándo había venido, y rápidamente se encendió la conversación. Hablaron abundante de Inglaterra y de Europa, del saldo que había dejado una década de gobierno *tory* y del nuevo laborismo que lideraba Tony Blair. Lula quiso intervenir a favor de Chris, porque pensó que se aburría, cuando su hermana trajo el diálogo a esta costa del océano y se despachó con un análisis político-económico del país. Dos o más veces quiso interceder, para avisarle que Chris estaba por irse. Pero sólo consiguió que Emilse pusiera a calentar agua para el mate.

—¿Te gusta el mate? —convidó al huésped.

—Sí, claro —mintió el inglés.

Las horas conversadas con Gary y sus colegas le proporcionaron una serie de argumentos que ahora resultaban de suma utilidad. Emilse se sorprendió favorablemente de que estuviese tan informado sobre Argentina. Le contó que ella y su novio militaban en el MST, el Movimiento Socialista de los Trabajadores, y que, entre otras cosas, fomentaban el micro-cultivo para contener a la creciente cantidad de desocupados, actividad que el ingeniero nacido en Manchester encontró de lo más interesante. Por eso a Emilse se le ocurrió que quizás le gustaría ir con ellos a la huerta que su comité apadrinaba en el norte bonaerense.

—Sí, claro —aceptó Chris ante la mirada incrédula de Lula.

—No es un gran qué, un domingo en la chacra —le avisó.

Pero él levantó los hombros por toda respuesta y no se dijo más. Con una especie de eufemismo, Emilse le mandó entonces un mensaje entre líneas a su hermana: Ojalá tus amigas y tus amigos fueran todos como él.

—¡No, pobre Lula!, mejor que tenga amigos normales —bromeó Chris, con esfuerzo, antes de pedir permiso para ir al baño, conteniendo hasta último minuto lo incontenible, porque el mate, o más que el mate la falta de costumbre, casi se los lleva a él y a su *politesse* por el inodoro.

El único inconveniente era que iban a salir muy temprano por la mañana, le dijeron de vuelta en el *living*. Querían aprovechar que la noche había terminado antes de lo previsto. Recién entonces comprendió Chris que la visita era al día siguiente. Pero enseguida Emilse tuvo la solución:

—Quedate a dormir, si no te molesta dormir en el *living*.

Pocas horas después, en una vieja pick up que enderezaba para el norte de la provincia, Chris tuvo que convencer a Emilse de que la camiseta no tenía devolución; para él era «una felicidad» poder hacerle ese regalo a Juani.

En la estación de servicio que mediaba entre el *country* de Federico y el de Viki bajaron a comprar hielo. Chris miraba los coches, por las dudas, como si no fuera demasiada casualidad encontrarse con la 4x4 de Victoria o con el Civic cupé de Federico.

—¿Cómo anda tu papá? —le preguntó Emilse a una empleada de la estación.

—Bien, está en la huerta.

—¿Te dijo que vamos a hacer un asado?

—Ya tienen todo listo desde anoche.

—¿Te queda mucho acá?

—Termino al mediodía —dijo contenta—. Termino y voy para allá.

Retomaron la autopista, salieron en una bajada próxima y quince minutos más tarde estacionaron la vieja F-100 a la sombra de un eucalipto plagado de loros. Las primeras dos horas, Ramón y Emilse atendieron los asuntos de la huerta; después, mientras los otros ponían la carne en el asador, Emilse les ofreció a Chris y a Lula un recorrido por las instalaciones. Cada vez había más gente fuera del sistema, explicaba. El plan económico había frenado la inflación catastrófica de los '80, pero había desatado un desempleo salvaje. El drama no se reducía a la exclusión de gente adulta; lo peor eran los chicos, un montón de chicos que crecían sin futuro, casi irrecuperables, con deficiencias alimenticias, educativas, sanitarias y que no aprendían otro recurso más que el robo y la violencia. Por eso, subrayó, su comité también coordinaba un programa para chicos en situación de riesgo.

—¡Siempre igual, vos! —se quejó Lula—. ¿Ves?, por eso no vengo, cada vez que traigo un amigo le quemás la cabeza con tus discursos, loca, relajá.

—A quién le estoy quemando la cabeza, boluda. Estás paranoica. Disculpame, Chris, si te aburrí.

—No, no, está muy bien. Me interesa.

Desde que había conocido a Carola, y sobre todo a partir de Lula, Chris empezó a juntarse cada vez menos seguido con Viki. Ya casi no se veían salvo algunos fines de semana en el *country*, donde pasaban la tarde, casi siempre sin Tomás, pero muy a menudo con Natalia, y después él volvía a Recoleta. Mucho no se decían. Pero tampoco hacía falta. En esas tardes tenues, sin más insinuación que las atenciones características de una amistad convencional, Viki entendió rápidamente que lo estaba perdiendo.

Las semanas posteriores al domingo en la huerta, Chris y Lula salieron en dos oportunidades y después ella dejó de llamarlo. Pensó entonces en llamar él o en ir a buscarla al club social, pero se contuvo. Algunas semanas logró contenerse hasta que la ansiedad fue superior a la prudencia. Dos veces intentó; dos veces le dijeron que no estaba. Que no se preocupase: ya le iba a devolver el llamado, dijo Emilse que decía Lula. Esa llamada, sin embargo, nunca ocurrió. Así estaban las cosas cuando Viki lo invitó al *country* una tarde.

Llegó solo y sin apuro y, por los coches en la puerta, adivinó que estaban Tomás y sus amigos. Pero los amigos eran de Totó que apenas si alzó la vista cuando lo vio venir por la parte trasera de la casa. Con un chiste, en rústico inglés, lo presentó al grupo de extranjeros que tomaba el aperitivo:

—Acá llega nuestro traductor, tarde.

Los hombres rieron condescendientes y al disminuir las risas uno de ellos retrucó:

—Pero a tiempo para el asado.

Y esta vez la risa fue más estrepitosa y prolongada.

Viki lo esperaba en el salón de arriba, dijo Totó. Y le propuso que se uniese al aperitivo:

—Después bajá a tomar un martini. Si te dejan.

Viki estaba arriba pero no en el salón sino en su cuarto, con la puerta abierta, reclinada en la cama, con *hot pants* y en corpiño, leyendo una revista de moda. Cuando lo tuvo enfrente fingió un gesto de sorpresa, no del todo inverosímil, y se tapó la cara con la revista. Pero recién después del saludo se vistió. Tampoco demasiado.

Sin arrebatarse, incluso pretendiendo alguna indiferencia, Chris habló naderías y dejó avanzar a Viki en su papel de mujer fatal hasta que el coqueteo la llevó a un punto sin retorno. Tan cerca estaban sus labios, que el beso fue natural, si no inevitable. Porque esta vez sí fue el beso que se debían. Pero luego de unos segundos ella volvió a recular.

—¿Qué?

—¿Qué, qué?

—¿De qué te reís, tonto?

—*You're fucking lost, aren't you?*

En un laberinto de incoherencias se enredó ella sola por no aclararle directamente que debía frecuentarla con mayor asiduidad si pretendía seducirla.

Aunque la escena quizás le confería cierto derecho, Chris no hizo reproches ni burlas. Prefirió, en cambio, predicar los favores del «sexo libre». Con el mismo impudor que la primera vez, pero ahora con altanería o al menos desde una posición más sólida, volvió a decirle que la infidelidad era parte de la naturaleza humana y que no disminuía el amor en la pareja, y hasta se permitió aconsejarle que no llegara a la vejez con fantasías pendientes.

Victoria estaba mal, Tomás no tardó en percibirlo. Más que nerviosa, enojada. Pero no con él sino con ella misma. El aburrimiento constante y el cambio de humor sin motivo aparente se le habían hecho costumbre. Se había vuelto insoportable. Irascible. Ante el menor desacuerdo reaccionaba con un exabrupto y minutos más tarde estaba pidiendo disculpas. Probablemente la bronca no era con él pero de todos modos lo afectaba, en la convivencia y desde luego en la intimidad.

Tomás sabía que le sobraban oportunidades y recursos para ensayar una relación nueva, sin vicios, intrigante, inclusive con una mujer más atractiva que Victoria.

Después de ocho años, pensaba, toda pareja sufre algún desgaste. Y en ocasiones se parece más a un oficio que a un placer. Pero lo mismo que ahora le ocurría con Viki se repetiría luego con otra. Por eso, y porque la amaba, se prometió lo imposible: reinventar la relación. Y si al comienzo de la apatía sexual algunos revolcones fuera de casa saciaron su abstinencia, después ni esa castidad involuntaria lo desveló. Su interés único y absoluto era Victoria. A cualquier precio.

XI

ESTÁN EN LO DE GARY, los dos solos, tomando ron con cola. Están en la biblioteca, o mejor, en su búnker, porque además de libros esos anaqueles acumulan diarios y revistas, foto-copias, casetes y microcasetes de audio, de video, fotos. La voz y el pensamiento de los más influyentes políticos y mi-litares de América Latina habitan esas cintas magnéticas. En una pared desnuda, una de las pocas que los libros no visten, con recíproca antipatía cuelgan una boina de Fidel Castro y una gorra de Augusto Pinochet.

Chris escucha con atención. Gary habla serenamente pero sin pausa. Habla de una operación irregular entre el Estado argentino y una empresa francesa. Sobreprecios, lic-itadores ficticios, un oscuro retorno de dinero. El dato se lo pasó la embajada británica en Buenos Aires. Y un diputado de la oposición lo confirmó. El negocio, la venta de radares y tecnología de punta para los servicios secretos de Ar-gentina, estuvo a punto de hacerlo una empresa del Reino Unido. Pero los ingleses no lograron imponer la suma que pretendían. Y además la coima que conminaban los argen-tinos era exorbitante.

Gary enciende un cigarrillo y se echa hacia atrás, la espalda contra la silla, las manos sobre el escritorio. Las cifras en juego son siderales, eso es seguro; pero lo que él quiere decirle es que el nombre del padre de su amiga, el padre de Viki, figura entre quienes van a cobrar el soborno. Si es que aún no lo han cobrado.

Cientos de movidas escandalosamente corruptas, ha escuchado Chris en los últimos meses. Sabe bien que así es la política en este país y que su compatriota no habla por hablar. Con todo, no logra digerir la sorpresa y se empecina en indagar si lo del padre de Viki es seguro, si no puede tratarse de un error; le pregunta a su amigo cómo sabe que los franceses pagaron o van a pagar la coima.

Pero Gary echa por tierra toda esperanza y le explica que en los presupuestos de las empresas europeas, por lo general, hay una suma destinada a corromper políticos del país donde se desea realizar la inversión. Es una especie de código tácito, le dice. Las empresas suponen que les van a pedir una coima. Y los políticos invariablemente la exigen.

Gary le aclara que todavía deben chequear la información con alguna otra fuente antes de convertirla en noticia. Pero el negociado es casi un hecho. Una vez cruzada con dos o tres fuentes, antes de la publicación, llamará a la compañía francesa y a los funcionarios comprometidos para que digan lo suyo. Baldoria y cómplices, los franceses inclusive, van a ponerse nerviosos. Aunque el caso no llegue lejos en tribunales. Ahora menos que nunca podía hacer referencia a su amistad delante de Totó y Viki.

—Hablando de eso, ¿alguna vez me mencionaste?

—No.

—¿Estás seguro?

—Absolutamente.

El cohecho que involucra al padre de Viki no es la excepción sino la regla, insiste Gary. Un ejemplo más del turbio y meteórico despegue en la economía doméstica de políticos, jueces y sindicalistas. Y de los asistentes de políticos, jueces y sindicalistas que suelen ser amigos o parientes de quienes los nombran en sus puestos. Cómo será, dice el periodista inglés, que hasta los nuestros, en comparación, parecen recatados.

—Los más disimulados se mudan de un departamento a una mansión en otra zona —Gary se pone de pie y camina con el vaso de ron—. Pero también está el otro tipo, más apegado al barrio, que compra el terreno del vecino y así estira el frente y el fondo de su casa. Incluso se hacen retratar en las revistas de la farándula, orgullosos.

Chris se levanta del sillón y va hacia el escritorio de Gary en el que hay varias fotos esparcidas. Mira la de Totó y luego repara en las otras.

—*Jesus, I know these guys!*

—¿Qué?

—Estos tipos, los conozco.

—¿Estás seguro?

—Ciento por ciento.

—¿Cómo los conocés?

—Estaban en el *country* de Totó, hace un mes, o dos quizás. Estaban haciendo un aperitivo antes del asado. Me acuerdo de sus caras. Son ellos. No estaban de traje ese día, pero son ellos. Seguro.

Sentada en el regio balcón de su departamento, que asomaba sobre la copa de los árboles, Natalia pensaba en Chris y no podía creer las dudas de su amiga. Cómo es posible, se decía, que no valore el esfuerzo que él hizo para estar con ella. Y que no reaccione aunque sepa que lo está perdiendo. Porque Chris ya casi ni hablaba de Viki. Las últimas veces que Natalia había querido hablarle de Victoria, él había evitado el tema. Con desinterés y quizás con razón, aburrido de esperar inútilmente un cambio de actitud. O al menos una seña favorable, un guiño, una palabra, algo que retribuyera el esfuerzo de renunciar a sus comodidades en Londres para venir a Argentina. Pero no, nada, ni el más mínimo reconocimiento. Y ya hacía más de un año que él estaba acá.

¿Qué otra cosa esperaba que hiciera? Viki no tenía ni un pelo de ingenua: en el fondo, era consciente de que él había hecho lo que pudo. Había subido a un avión y acá estaba. Lo demás eran detalles. Viki lo sabía. Por eso, razonaba Natalia, lo que estaba en duda no era el amor de Chris sino el de Viki: si estaba dispuesta a enfrentar el cambio.

La decisión, obviamente, no era fácil. Pero ella, en su lugar, no habría dudado. O tal vez sí, pero sólo al comienzo. Al ver que lo de Chris no era un capricho, se hubiera arriesgado entera.

La reacción de Viki, en cambio, se agotaba en ese coqueteo zonzo, adolescente. Ya se lo había dicho a su amiga: ¿Cuánto podía durar esa estrategia? Chris no era estúpido, tarde o temprano iba a irse con otra.

Solo en Buenos Aires, Chris era una bomba de tiempo. A qué mujer no le gustaría dejarse llevar por un hombre atractivo y simpático, despierto, «con onda», pensaba Nati, cuyo carácter difería saludablemente del macho criollo. No, se decía, un bombón así mucho no puede durar. Y aparte contaba con el encanto añadido de ser inglés, la veneración incitada por el supuesto prestigio de una estirpe dominante, que lo hacía aun más tentador. Una cosa era seguro para Nati: si Viki dormía no iba a faltar quien se lo madrugara.

A ella, a Natalia, la compañía de Chris le parecía irresistible. Fuera adonde fuera con él, lo mismo al cine que a tomar un helado, invariablemente la deslumbraba. Los paseos y el trato frecuente habían derivado en una mayor complicidad. Aunque pretendiera disimularlo, cuando Chris le preguntaba por qué estaba sola, a Natalia la oprimía un silencio fiel y corrosivo que la enfrentaba a la certeza de estar traicionándose a sí misma.

Gary no había podido confirmar aún la compra de los radares. Pero el dato del almuerzo con los extranjeros en el *country* de Totó validaba la sospecha de los diplomáticos anglosajones. Y era a todas luces una pista: la prueba de que los políticos argentinos se habían reunido con los empresarios franceses.

Considerando que la operación incumbía a los servicios secretos, la prudencia no estaba de más, le aconsejó Gary a Chris. Ya muchos sabían que él andaba haciendo averiguaciones sobre una operación con empresarios franceses. Y no era desmedido suponer que el eco de su curiosidad hubiese llegado al bloque oficialista en la Cámara de Diputados. Por eso, le dijo, iba a ser mejor que no lo llamara ni fuera a visitarlo. A partir de ahora iban a verse con menos frecuencia y, sobre todo, nunca en lo de Gary. Su teléfono de línea y su celular iban a estar intervenidos, por supuesto, pero también era de esperarse que filmaran el frente de su edificio o que sacaran fotos.

—Tomá, me podés ubicar en este número —y se lo anotó en una servilleta del bar donde lo había citado, en Palermo—. Es un número virgen. Por ahora. No sabés lo fáciles que son estos celulares. Yo te aviso cuando tenga que cambiarlo.

Y volvió a preguntarle si sus amigos sabían de él. Chris buscó en su memoria, esta vez con más esfuerzo, una alusión a Gary hecha durante algún descuido.

—A lo sumo, pude haberte mencionado delante de Roberto o de Federico, pero sólo ocasionalmente. No creo que sepan de vos.

La prudencia de Gary le parecía exagerada, casi en el límite con la paranoia, pero no se lo dijo. Para él, en cambio, todo esto era una aventura. Nunca antes había manejado información de ese calibre. Y el vértigo de sentirse protagonista, como en una película, relegaba cualquier temor.

Tal vez por la consabida tendencia del carácter sajón a cultivar el disimulo, o tal vez por osadía, de puro imprudente nomás, por no medir el riesgo de ese lance, se desenvolvió tranquilo en el trato con Viki y con Totó. Como siempre, como si nada, tal cual le había aconsejado Gary. Tampoco Robert ni Federico notaron nada distinto en él.

Entraron por Almirante Brown y doblaron en Casa Amarilla. El humo y el olor de los chorizos se mezclaban con el voceo de los vendedores de gorros y banderas. La gente se atropellaba. A cinco cuadras del estadio, el canto de las tribunas enardecía las calles.

Esa tarde, Boca enfrentaba a River y había más gente que nunca. La fila para la popular local era infinita. Avanzaron entre la multitud, a fuerza de empujones. Chelo, que iba adelante, saludó a uno de los pibes al llegar a la puerta y pasaron como de costumbre, por el molinete por donde entraba La 12. Una historia muy distinta a la de Inglaterra, donde el ingreso al estadio era un sueño imposible para el que no tenía plata.

El clima en las tribunas también era diferente. Sobre todo en las tribunas populares, detrás de los arcos, donde se ubican los barras. Y donde el partido se mira de pie. Codo a codo con el sudor ajeno, apretado, dispuesto a alentar. Chelo y sus amigos se pararon en el paravalanchas de siempre; Chris, que prefería mantener su bajo perfil, se ubicó a un costado, algunos escalones más arriba.

Las sombrillas, los bombos, los platillos, las trompetas: La 12 era un espectáculo. Redoblantes, bombas de estruendo, globos y banderas, innumerables banderas de diversos tamaños y diseños completaban ese carnaval azul y oro. Ni un hueco libre había en la tribuna. «Bostero soy, y Boca la alegría de mi corazón / Sos mi vida, vos sos la pasión, más allá de toda explicación / Y a mí no me interesa en qué cancha jugués / local o visitante, yo te vengo a ver / Ni la muerte nos va' separar, desde el cielo te voy' alentar». Chris comprendía a medias el canto que ensordecía todo a su alrededor. Lo miraba a Chelo, poseído sobre el paravalanchas: no era el momento para hacerle preguntas.

Salvo las dos bandejas de la popular visitante, donde se amontonan los hinchas de River, el resto del estadio es xeneize. Pero Los Borrachos del Tablón fuerzan la garganta hasta la afonía aunque La 12 los tape. Al menos así escuchan su propia voz. Dos orgullos tiene el barra argentino: el del aguante en la pelea y el del aliento permanente, más allá del resultado, porque ninguna hinchada tolera que la tengan por menos y la acusen de amargura.

Una brisa, que cubre el hedor reinante, le acerca a Chris la tentación ahumada de la hamburguesa al carbón. Gira con dificultad en medio de la muchedumbre, ganándose más de un insulto, para seguirle los pasos y adivinar el origen de ese aroma. Entonces un murmullo creciente lo distrae de este objetivo y su atención cruza en línea recta hacia donde confluyen todas las miradas, en la tribuna de enfrente. Detrás del arco que da al Riachuelo, desde la segunda bandeja, los barras de River le tiran bombas de estruendo y orín en bolsas y botellas de plástico a la gente de Boca que está debajo, en el sector socios. La respuesta o amenaza proviene de la otra cabecera: «…¡oh la la! ¡Vinieron a La Boca, no sé cómo se van!», donde se encuentra La 12 y donde Chris empieza a temer una indeclinable invitación a participar de un combate. Los millonarios prometen un encuentro a la salida; la provocación verbal se exacerba. Algunos fragmentos de canciones que Chris logra captar le revelan ciertos episodios de esa enemistad histórica: «Quiero jugar contra River / y matarles el tercero…». «Bostero, cuidate de River Plate / que los tiros van a volver…» El hecho indescifrable de que al promediar el primer tiempo la hinchada de River exhiba banderas de Argentina y entone estrofas del himno nacional, se vuelve evidente para el inglés cuando el pasaje de un cántico le recuerda las burlas de uno de sus colegas en el Ministerio: «Son la mitad más uno, son de Bolivia y Paraguay / A veces yo me pregunto, che negro sucio, si te bañás…».

Abajo, en la cancha, River intenta un fútbol vistoso. Pero el partido es cerrado. Con un pase entrelíneas, Riquelme abre la defensa y Palermo rompe el arco. La Bombonera explota. Chris, con los pocos fragmentos que puede memorizar, haciéndole señas a su amigo, procura sumarse a la locura xeneize: «A River cuando lo bailo, lo bailo de noche y día / a River lo vuelvo loco con la azul y la amarilla...».

Para evitar incidentes fuera del estadio, para alivio del ingeniero en sistemas, la policía hace salir a los hinchas de River y retiene a los locales, que se quedan cantando, de fiesta, y despiden a los visitantes con la última copla: «Mirá, mirá, mirá / sacale una foto: / se van al Gallinero / con el culo roto».

XII

Sin más cálculo que el impulso de tenerla, un sábado amaneció convencido y decidió ir a buscarla al club social en Boedo. Pero una chica de la murga (los murgueros muy bien no lo miraban), le dijo que Lula había faltado al ensayo y que tampoco había sabido nada de ella en las últimas semanas.

Habló entonces con Federico, para que lo acompañase a la discoteca donde trabajaba Lula. El boliche, en Lugano, era una bailanta y era medio «*heavy*», averiguó Fede. Por eso le desaconsejó la travesía, además de rehuir escoltarlo.

Así las cosas, Chris recurrió a Chelo. Y Chelo, curtido en paradas más ásperas que esa disco, aceptó sin dudar, curioso de la chica que se había agenciado el escocés. Promediaba la noche, un viernes, cuando Chris, Chelo y Morsa, otro vago de La 12, entraron a la bailanta. Al fondo de la pista, sobre un parlante, Lula bailaba con erotismo profesional. A tono con las botas blancas de vinilo, una micro mini le cubría apenas las caderas y un top blanco, con *push-up*, le realzaba los pechos. Cuando Chris estuvo cerca, cuando por fin lo vio, la alegría y la inquietud parecieron atropellarse en el pensamiento de Lula, que instintivamente miró hacia la barra para confirmar que no hubiese moros en la costa. Este ademán aumentó la suspicacia de Chelo. ¡Uy, qué buena que está!, se dijo al verla, ¡miralo vos al escocés! Y acto seguido reflexionó: esta mina tiene un macho, seguro.

Terminada la canción, Lula le hizo una seña a Chris y bajó a saludarlo.

Chelo y Morsa fueron a dar una vuelta para no estorbar y para echarle un vistazo a esa especie de galpón que conformaba la discoteca. Se acodaron en la barra y pidieron fernet con cola. Chelo observaba a Chris y a Lula, mientras deliberaba con su amigo. Que la morocha tenía un hombre, en eso estaban de acuerdo; la discusión consistía en adivinar si el tipo estaba en el boliche, si era el dueño o uno de los gorilas de seguridad, algún «muñeco» de la barra o si sólo era un pibe de la zona.

Lula bailaba otra vez en el parlante cuando Chelo y Morsa volvieron con Chris porque dos tipos, al borde de la pista, lo estaban fichando. Miraban displicentes, sin disimulo. Eran dos. Pero al rato fueron tres. Y enseguida cinco. Chelo propuso entonces que volvieran más tarde a buscar a la chica. Chris, sin embargo, insistió en que se fueran sin él: Lula terminaba dentro de media hora. Chelo vio tan plantado al escocés que lo creyó capaz de quedarse solo. Por arrimar a la puerta, lo llevó a la barra y le invitó un fernet. Lo dejó ahí con el Morsa, y con el Star Tac en mano salió a la calle. Llamó a Chiquito y pidió que le mandara un par de nenes.

Adentro, la cosa pintaba fea para Chris y para Morsa. Los tipos, que eran cada vez más, se habían acercado a la barra y miraban desafiantes, con la furia del que está por romperle la cabeza a alguien.

Por suerte, los pibes de Lugano llegaron enseguida. Contra quién, no sabían, pero ahí estaban, dispuestos a aguantar. Eran quince. Los matones de la puerta los reconocieron de inmediato. Por si quedaba alguna duda, uno de los pibes tenía el short de Boca; y otro, una remera azul, con el escudo xeneize en la espalda y el número 12, amarillo, en el pecho.

Esos tipos no eran buen augurio. Pero peor iba a ser no dejarlos pasar, razonaron con criterio los gorilas, conocedores de la buena memoria del rencor xeneize que hacía unas semanas apenas había mandado al hospital a dos colegas de otro boliche, con las costillas rotas y traumatismos múltiples, por haber golpeado al primo de Chiquito la navidad pasada.

Entraron los quince y fueron directamente adonde estaban Chelo y el Morsa. Al otro lado de la pista, los fanfarrones que al principio miraban desafiantes de pronto se vieron en un brete. Y es que no era para menos: chiquito, que promediaba el metro noventa y superaba los cien kilos, él sólo ejercía un notable poder de persuasión.

—¡Qué mirás, la concha de tu hermana! —desafió el Morsa a uno de ellos—. Sí, a vos, forro, a vos te hablo. ¿Qué pasa, ahora te comés los mocos? ¿Eh? Cagón. La concha de tu madre. Vamo' afuera vos y yo, mano a mano.

Pero el interlocutor del Morsa y sus amigos bajaron la mirada convencidos de la segura paliza que iban a propinarles los barras de Boca.

Un cordón, liderado por Chiquito, alejó a Chelo y a Chris de los fanfarrones que tuvieron que recular unos pasos, con apuro y humillación y, más que nada, con miedo.

Lula, que había seguido las maniobras desde el parlante, interrumpió su número antes de que terminara la cumbia y bajó a buscar su bolso:

—Agarro mis cosas y vamos —le dijo a Chris.

Una musculosa y jeans se puso sobre el vinilo y volvió rápido a la pista, con las sandalias sin atar y revolviendo concentradamente su bolso.

En la otra punta de la noche, en Plaza Mitre, donde termina o empieza la calle Gelly y Obes, los depositó el Renault 18 del Morsa. La idea de Chris fue un acierto: ella desconocía esa plaza de escaleras laterales y monumento aterrazado que domina una barranca verde y abierta. Todo la impresionó: los faroles dorados y el edificio europeo que se asoma a la plaza, los balaustres de las escaleras y hasta las curvas de los árboles. Con un beso le agradeció que hubiera decidido ir a buscarla, y se regalaron un largo rato sin hablar. La sombra de la noche oscurecía la barranca, que muere allá abajo, a orillas de ese ruido ancho y luminoso que era Libertador. En una gruesa balaustrada fumaron el porro que Lula se empecinó en armar. Y luego pasaron por el Shamrock, en Rodríguez Peña y Arenales, antes de ir a lo de Chris.

Lula reía y coqueteaba. Fue una suerte que no se hubiera quitado el conjunto de vinilo, pensó él, mientras se dejaba excitar por el contraste que el vinilo blanco producía sobre la piel trigueña.

Recién después del sexo, y con un tono que mediaba entre la seriedad y la ironía, Chris le preguntó por qué se había perdido de esa manera tan drástica.

—No hace falta que huyas de mí —le dijo hurgando en su mirada—. Al menos no tan rápido.

Lula sonrió. Los ojos del inglés casi la llevaron a confesarle que ella también lo había extrañado y que acababa de tomar una decisión. Pero lo único que hizo fue abrazarlo intensamente y acurrucarse en su pecho.

Amanecieron al mediodía, orgullosos y satisfechos de despertarse juntos. Chris preparó el té, las tostadas, huevos revueltos y cereales como en las series norteamericanas que seguía ella. A Lula no le importó faltar al ensayo de la murga para pasar la tarde en el *country* de Federico.

Mientras Chris le relataba al anfitrión los incidentes de la bailanta, en voz baja Lula rumiaba ahora lo mismo que anoche. Sí, ya lo había decidido.

Según le había informado una fuente del Poder Legislativo a Gary, era probable que la operación con los franceses se realizara mediante los fondos reservados de la Secretaría de Inteligencia, circunstancia que complicaría el rastreo de la evidencia. Estos fondos secretos, sobre cuyo uso no quedaba registro oficial, significaban un comodín para el Ejecutivo. Su discreción los hacía impunemente oficiosos. Por eso, con frecuencia se destinaban a cometer travesuras como repartir coimas entre diputados o senadores, para lograr que un proyecto se convierta en ley, o para pagar sobresueldos a jueces federales y otros empleados de la justicia, para que la justicia, que es ciega, no desconozca a su patrón.

En este caso, el viejo truco se empleaba para cobrar un retorno. Gary le explicaba a Chris que la Secretaría de Inteligencia pagaba a los franceses, por decir una cifra, treinta millones de dólares. Pero a los franceses la transacción les dejaba sólo veintitrés millones; los siete restantes volvían en comisiones a legisladores y a funcionarios de Inteligencia.

De esta forma, como el pago se efectuaría a través de los fondos secretos, la operación no sería publicada en el boletín oficial. Lo que equivale a decir que no dejaría huellas.

No a simple vista. La hipótesis era creíble pero no dejaba de ser una hipótesis. Al menos por ahora.

Tiempo, según Gary, sólo era cuestión de semanas conocer el cómo y el cuándo de la compra. Su instinto profesional adivinaba que, tras el infructuoso antecedente de la compañía británica, franceses y argentinos habían ajustado sus pretensiones; y que existía un nexo entre el dato de la embajada y la reunión en el *country* de Baldoria.

El verano había sumergido a la ciudad en un calor húmedo. Más que pegajoso, pesado, agobiante, que sólo aflojaba por la noche y no siempre. Era un calor impaciente y fastidioso, enemigo de cualquier actividad que no dispusiera de un aire acondicionado o de una piscina. Cinco minutos al sol, un mediodía, bastaban para sufrir ese fuego invisible en la piel.

El cemento y el asfalto aumentaban la temperatura y el dióxido de carbono y otros gases no contribuían a mejorarlo. Por eso Robert se había ido con su novio a un campo en Luján, a casi una hora del vaho que incubaba Buenos Aires.

Chris salió del ministerio y trabajosamente caminó hasta un bar en Reconquista, donde el aire acondicionado lo resguardó del fuego que horneaba las calles. Fede no podía ir al campo de Robert porque se iba a Punta del Este pero le prestaba el Civic cupé para que fuera con Lula:

—Dale, man, no seas boludo. —Y para que salieran durante la semana—: Aprovechá que no lo necesito.

A Lula le encantó la idea, pero la noche del viernes quiso pasarla con Chris, los dos solos, y salir para el campo al otro día. Por sus preguntas, por el contenido de las preguntas, era evidente que ahora ella le prestaba más atención. Y esta curiosidad lo llenó de orgullo.

Después del sexo, Lula sacó un CD de su bolso, un CD de Gilda, y lo puso a todo volumen: «Desde el primer día supe que te amaba / Y lloró en secreto mi alma enamorada / Tu amor vagabundo no me da respiro / Porque sé que nunca, nunca será mío».

Como buena latina, cuando una canción le gustaba, Lula debía contenerse para no tapar la voz del cantante: «Bebí tu veneno y caí en la trampa / Dicen que lo tuyo no es más que una hazaña / Que para mi piel es sólo sufrimiento / Que voy a caer en lo profundo del infierno».

Era casi un instinto y era prácticamente incontenible cuando estaba contenta. Así que la cantó bailando: «Y no me importa nada, porque no quiero nada / Tan sólo quiero sentir lo que pide el corazón / Y no me importa nada, porque no quiero nada / Y aprenderé cómo duele el alma con un adiós».

Bailando se la dedicó, con una sonrisa hechizada: «Porque tengo el corazón valiente / Voy a quererte, voy a quererte / Porque tengo el corazón valiente / Prefiero amarte; después perderte».

Dos y hasta tres veces quiso escucharla él.

—Vos me dijiste algo parecido —rememoró ella—, el día que te conocí. ¿Te acordás? Que no te importaba nada, me dijiste, que sólo querías verme de nuevo.

Chris sonrió, por toda respuesta, con la sonrisa idiota del hombre enamorado.

—¿Te acordás?

—Y lo mismo siento ahora —redobló convincente—, cada vez estoy más seguro.

Pensó Lula que ése era el momento para decirle que iba a dejar a su novio. Pero le pareció inoportuno darle ahora la noticia de que tenía novio. Aunque Chris ya lo sospechara.

Fresco, al otro día, exultante y orgulloso de tenerla a su lado, manejó el Acceso Oeste de punta a punta y en menos de una hora estuvieron frente a la tranquera blanca adonde fue a recibirlos Roberto.

La tarde era más fácil en el campo, distendidos al sol o en la piscina, con el agua hasta el pecho y con un fernet o una cerveza.

La sensación térmica era más baja que en la ciudad. Y más puro el aire. Igual que el cielo, abierto, descombrado. La pampa borraba de la vista el barullo porteño, y su relieve, ecuánime, contagiaba el espíritu. Sobre el verde, ancho y profundo hasta el horizonte, liso como un mar, las acacias espinosas se hamacaban con intermitencia.

En perjuicio del paisaje, un poderoso olor a bosta trajo el viento, un olor rústico y descortés, que debía medir cerca de una hectárea y que hubiera tenido la impertinencia de quedarse un rato más si otra ráfaga no hubiera venido a buscarlo.

Cuando el sol bajó y la tarde era una luz apacible, Robert y su novio se fueron a las habitaciones de huéspedes y les dejaron a los huéspedes el casco principal. Quedaron en reunirse junto a la piscina, al caer la noche, antes de comer.

Después de la ducha, Chris y Lula salieron al jardín en ropa interior, a mirar la tarde. Él fumaba distraídamente, mientras la escuchaba decir algo sobre las formas geométricas de los arbustos, cuando se dejó llevar por las piernas bronceadas de Lula, sus pies pequeños y sutiles y un conjunto íntimo de color lila, por su pelo negro, azabache, que le caía en ondas sobre la piel cobriza y por esa cara felina, de profundos ojos mestizos. Una sola vez se resistió Lula:

—¿Acá, te parece?

Como a muchas personas les sucede después del buen sexo, les dio por decirse confidencias. Chris encendió otro cigarrillo y decidió contarle su historia con Viki, ocurrencia que le dio pie a Lula para blanquear que tenía novio y que pensaba dejarlo esa misma semana.

Estaban en una galería de piso ajedrezado y de anguloso techo de chapa, como el de las estaciones de trenes inglesas, en diagonal al punto del horizonte donde se apagaba el día. Este año, Lula planeaba hacer un curso de danza moderna, en el Teatro San Martín, y la mayor cantidad posible de *castings* para la tele. Su hermana Haydée la había persuadido de la importancia de tener un *book* de fotos y presentarse en agencias de modelos. Pero uno bueno era caro, así que mejor se focalizaría en el curso y, sobre todo, en los *castings*. Lula se tenía fe para la tele. Y estaba convencida de que la tele, aparte de fama y de éxito, podía garantizar su seguridad económica. La de ella y la de su hermanito.

Después de comer, fumaron marihuana con Robert y su novio, y nadaron. La temperatura, veinte grados a las 3 a. m., levantaba el ánimo mejor que una droga. Era una noche de cielo inmenso, minado de constelaciones, y en un rincón del horizonte flotaba una nube de polvo de estrellas, a la altura de los últimos árboles. Parecía tan bajo que daba la impresión de poder rozarlo con los dedos.

Bailaban. Robert se ocupaba de los daiquiris; su novio, de la música. Lula se sorprendió con el ritmo y la gracia que Chris demostraba para la electrónica. Aunque él ya se lo había dicho, recién entonces lo registró: esa era la música que se bailaba en Inglaterra. Se fueron a dormir exhaustos, justo cuando clareaban las primeras luces.

El domingo a la noche, Chris la llevó hasta lo de Haydée, en Villa Madero, antes de Puente La Noria por la General Paz, con la cupé negra de Federico.

El clima político se había enrarecido; nadie, ni los opositores más diligentes, estaban dispuestos a hablar sobre una operación oscura con una firma francesa. Casi todas las fuentes de Gary, salvo honradas excepciones, habían hecho eco de una paranoia general y se cuidaban muy bien de lo que decían. La postura unánime era esperar a que pasara la turbulencia.

El malhumor causado por una serie de denuncias sobre lavado de dinero repercutió en los hombres de negocios más influyentes del país. Igual que en los bancos de mayor prestigio, cuyos directores amagaban un golpe financiero si el Estado se decidía a investigar a fondo las maniobras irregulares de la economía paralela. La presión, incluso el apriete, era de dominio público. Desde la TV y los diarios, con tono apocalíptico, los periodistas del *establishment* criollo coincidían en alertar acerca de las nefastas consecuencias que esa inquisición ocasionaría al país. Como la fuga de inversores o la parálisis económica.

Por eso estaba tan susceptible el gobierno y muchos se cuidaban de no irritarlo aún más. Ante la menor incidencia, todo tipo de complots y confabulaciones denunciaban en su contra. El temor a que un golpe bursátil lo volteara del poder (desgracias de esta índole, le enseñó Gary a su amigo, no eran ajenas a la historia reciente del país) le hizo adoptar una actitud recelosa, a la defensiva, como un tigre acorralado o temeroso, porque la imprudencia de indagar en serio, ni por un segundo la consideraba.

Gary lo veía difícil. A las fuentes que no habían suscrito el pacto de silencio las ocupaban otros asuntos de mayor envergadura: los nombres y apellidos del lavado de dinero, la evasión fiscal de grandes contribuyentes o las turbias renegociaciones de la deuda externa. El mismo legislador que había confirmado la pista de los franceses ahora rehuía cualquier compromiso, persuadido, vaya a saber por qué provecho, de que lo mejor era la cautela.

Luca se pone de pie y se agarra la cabeza, camina en círculos por la cocina. La confusión lo desborda. Se detiene junto a la ventana. Su silueta robusta apaga el pedazo de verja que la luz del mediodía duplicaba en el mantel de hule. Parece que el mundo se le viniera abajo. La mira fijamente a los ojos, con los brazos ahora en jarra y se resigna dolido:

—Entonces es cierto.

Lula lo escucha incómoda, no sin lástima ni susto, pero piensa que es mejor así. Después de todo, el reproche era previsible. Pudo intuirlo apenas lo saludó. Siempre era igual cuando algo le molestaba a Luca. Por más indiferente que intentara mostrarse, aunque se le notaba el esfuerzo, nunca lograba disimular su bronca. En eso era como un nene. Los primeros minutos fingía una serena distancia, no del todo creíble, y después se ponía en evidencia con comentarios provocadores, hasta que por fin disparaba torpemente el motivo de su bronca.

Esta vez el motivo era que la habían visto bajar a Lula de un auto negro y pintón en la puerta de lo de Haydée.

—Mirá —amenazó, sintiéndose un sumiso cornudo—, si te llego a ver con otro guacho…

—¿Qué guacho? —lo cortó—, yo no estoy con ningún guacho, métetelo bien en la cabeza.

—¿Ah no? ¿¡Qué soy, boludo soy?! ¿Eh? Te vieron bajar de un auto polenta la otra noche y ahora me decís que querés estar sola, que estás confundida, que esto y que el otro…

—Mirá, querido, decile al pancho que te dijo lo del coche que se compre anteojos porque no ve una mierda. Y segundo, yo ya estoy sola, porque vos hacés la que querés.

—¿Yo hago la que quiero?

—¿Ah no? Vas y venís cuando querés, ¿te parece poco?

—¡No me cambiés de tema, loca!

—¡A mí no me decís loca, pancho! ¿Qué te pensás, que soy una de esas putas que te cogés por ahí?

—Claro, ahí está. Es eso, ¿no? Como decís que te meto los cuerno', te buscaste otro guacho.

—¿Eso pensás? ¿Eh?

Luca agacha la vista. Su silencio otorga.

—Mirá vos, es increíble —se irrita Lula—. Tanto tiempo juntos y todavía no me conocés.

—¿De qué no te conozco?

—Si yo me curtiera un chabón por cada vez que me cagaste, tendría que cogerme a medio Buenos Aires.

—¿Ves? Está clarísimo. Es eso.

—¡Pero por favor! No me tomés por boluda, ¿querés? ¿O me vas a decir que nunca estuviste con otra?

—Vos pensás que yo no te quiero.

Ahora la que calla es Lula.

—Contestame.

—Yo no pienso nada, Luca. Lo único que sé es que así no puedo seguir. Y ahora tengo un montón de cosas que hacer.

—Primero contestame una pregunta.

—¿Qué?

—¿Te lo cogiste?

—¿Ves que sos un tarado?

—Te lo cogiste, entonces.

—¡No me cogí a nadie, pancho!

—Esto no va a quedar acá, eh.

—Luca, tengo un toco de cosas que hacer y se me hace tarde.

—Escuchame bien, lo único que te digo es que te llego a ver con ese pelotudo y te juro que…

—¿Qué, te juro qué, forro?

Aturdido, las palabras se le atoran en la boca, como si las primeras se hubieran arrepentido y dieran marcha atrás y chocaran contra las otras que estaban por salir.

—¿Que me vas a cagar a tiros? ¿Eh? Dale, decilo, cagón, ni siquiera tenés huevos para decírmelo en la cara.

Luca no tenía ánimo ni argumentos para discutir. Y no lograba recuperarse de su asombro. Era infrecuente que le hablaran de esa forma. En el barrio, nadie se hubiera atrevido a decirle la mitad.

—Tanto me querés que me vas a pegar un tiro, ¿no? ¿Eh? Hablá, dale.

—Te digo una sola cosa: si te llego a ver con ese pelotudo, lo mato.

XIII

ROBERT QUERÍA PRESENTARLE a un amigo analista en sistemas. Un flaco inteligente y emprendedor que buscaba socio para montar una consultora. Robert había pensado en Chris porque el proyecto de Abel, su amigo, probablemente fuera la chance de un salto económico. Abel conocía de memoria el mercado local. Había descubierto un nicho vacante en el rubro de sistemas y quería aprovecharlo antes de que otros lo anticiparan.

Chris se despertó sin prisa. Después de la ducha, fue al *living* antiguo y de techo alto y puso un CD de David Bowie. Abrió la ventana. Una luz cristalina, tonificante, le bañó el rostro. Se quedó así unos minutos. Y pensar que había dudado si valdría la pena, se dijo. *Bollocks!* Estaba a sus anchas en Buenos Aires. Las cosas no habían resultado de acuerdo con el plan original, pero cruzar el océano había sido la mejor decisión de su vida. Se sentía más armonioso que un buda. Apuró unas tostadas con manteca y se vistió. Robert y su amigo lo esperaban en Zona Norte. Por la tarde, después del ensayo, Lula iría a su departamento.

Salió a la calle y paró un taxi. Esa noche tenía que sorprenderla con algo novedoso.

—A Olivos, por favor.

Algo diferente. ¿Pero qué? Descartó el cine, los restaurantes, los bares.

—¿Vamos todo por abajo?

—Sí.

Salir a caminar, tampoco. Algo más sofisticado, que la entusiasmara en serio.

—Qué calor que hace, ¿eh? Yo no sé si será el calentamiento global o qué chamullo, pero antes no hacía este calor en otoño. Ni empedo.

Un musical, sí, eso, un musical o un espectáculo de danza, eso sí podía interesarle.

—Ni empedo hacía este calor —insistió el taxista—, hoy van a hacer treinta grados.

—…

—Mirá si estaremos jodidos que hasta la naturaleza tuvo que hacer un recorte y chau otoño.

Chris miró por la ventanilla, sin reírse, queriendo concentrarse en la salida con Lula.

—Lindo barrio Olivos. Yo tuve un fato ahí, una minita con la que anduve de trampa como seis meses.

Típico viejo lobo decidido a no guardarse ningún consejo, el hombre comenzó a tejer un monólogo tupido y dispar. Los temas más disímiles, hilvanaba, y al parecer con mucha certidumbre, pues de todos impartía lección. Chris le clavó una mirada cortante con la intención de que cerrara la boca. Había tomado el taxi para viajar más rápido y más cómodo, no para ponerle la oreja al chofer que le estaba cascoteando la serenidad y el humor con su empedernida verborragia. Una y dos veces lo miró para disuadirlo.

Pero el hombre quería conversar a toda costa. Indiscreto y tozudo, sin piedad ni vergüenza, lo mismo le daba que le respondieran con monosílabos o con silencios elocuentes. Entonces, como último recurso, Chris dijo que estaba cansado y se reclinó fingiendo que dormía. Sólo así logró callarlo y pudo despejarse. Hasta que una frenada brusca le abrió los ojos en la avenida Figueroa Alcorta.

—¡Estos pelotudos que no respetan los carriles! —deslindó culpas el taxista— ¡Hay cada payaso dando vuelta!

Pero más que este susto, a Chris lo inquietó la reacción sistemática, como si no existiera otra posibilidad de adelantarse nerviosamente al coche que los había encerrado. Entonces tuvo la impresión de que en realidad les estaban pasando demasiado fino a casi todos los vehículos. Dejó de pensar en Lula y empezó a prestarle atención al tránsito. Que su vida estaba en manos de un *freak* lo supo un minuto más tarde cuando el chofer, que acababa de insultar a los que no respetaban los carriles, se embaló en un zigzagueo salvaje. Los automovilistas le hacían luces o le tocaban bocina. En vano, porque el chofer, como si un permiso exclusivo lo dispensara de respetar las normas, o como si no fuera taxista sino un personaje picaresco que comete las mismas infracciones que censura, gesticulaba teatralmente y los mandaba a la mierda.

—¡Tz, me puse atrás del más boludo! —resoplaba fastidioso y convertía sus faros delanteros en una ametralladora cuando tenía que ralentizar la marcha.

Antes de subir al puente que cruza la avenida Lugones se adelantó por un carril sin giro dejando atrás no menos de diez coches, y en la curva donde nace el puente le ganó la cuerda al primero de la fila. Otra vez le tocaron bocina, esta vez los mandó al carajo. Así las cosas, Chris cambió de idea y buscó temas de conversación. No fuera cosa que el chofer se aburriese, o peor, que se ofendiese y quisiera apurar el viaje. La nueva estrategia tuvo un efecto inmediato. El tipo se animó con el diálogo y entró en confianza. El codo en el apoyabrazos, el hombro contra la puerta, de lado, porque aparentemente así estaba más cómodo, puso el taxi a ciento cincuenta kilómetros por hora en una avenida, Cantilo, en la que la velocidad máxima permitida era cien. Con una sola mano al volante, displicente, pasaba los autos como postes mientras hablaba sin descanso, abiertamente más concentrado en la charla que en el manejo.

—*Fuck off you wanker!* —soltó por fin Chris, a media voz, al descender del Fiat Duna.

Si de su casa había salido como un buda, a la de Robert entró con la turbada sensación de haber resucitado. Recién después del aperitivo pudo tranquilizarse.

Abel era meticuloso y cabal, sabía exactamente de qué estaba hablando. Conocía de memoria su oficio y conocía, eje cardinal de la empresa, las necesidades de los clientes. El proyecto sonaba lúcido; a Chris su futuro socio le pareció confiable.

Más que en su trabajo presente, el del Ministerio, Abel se interesó en lo que Chris había aprendido en Inglaterra, cuando fue *manager* en sistemas para una compañía de telecomunicaciones. Ciertamente, la experiencia del inglés en comunicación satelital podía conferirle un valor agregado al negocio, especulaba Abel, convencido de que éste era un servicio fundamental para varias firmas de primer orden.

Quedaron en verse durante la semana. Se habían causado buena impresión en el plano profesional; y de persona a persona, el trato había sido excelente. Se despidieron con la firme intuición de que más temprano que tarde iba a cuadrar el negocio.

Chris estuvo en casa antes de que oscureciera. Lula arrimó para Recoleta apenas terminó de ensayar. En su bolso llevaba el traje murguero y el vestido que una amiga le había prestado para salir esa noche. Por complacerlo, ella propuso que fueran a bailar música electrónica. Y antes de comer se puso la galera, el top y la minifalda de satén para que él se deleitara con ese conjunto que tanta ilusión le hacía. Durante la cena Chris sugirió, en lugar de la disco, un espectáculo de baile. Pero Lula insistió con la marcha. En el afán de consentirse mutuamente, pulseaban y reían, adivinándose, confundiendo miradas, reparando o aun descubriéndose en detalles ínfimos de los que pretendían, con ingenuidad, obtener conclusiones prematuras.

Al día siguiente, domingo, Boca visitaba al Lobo en Jujuy. Buscaron un bar donde proyectaran partidos codificados y almorzaron los dos de frente al televisor, en silencio, sin que Lula, consciente de la inconveniencia de rivalizar con el fútbol, requiriera la atención de Chris más que para comprender alguna circunstancia del juego. Después enfilaron para Villa Madero, con el 21 hasta Liniers, y de ahí el 28, que los dejó en Pedro de Mendoza. Avanzaron unas cuadras por la avenida Vélez Sarsfield y se metieron por las calles de adentro. Ya era hora de que Haydée lo conociera personalmente, pensó Lula. Aparte, una circunstancia jugaba a su favor: ya le había caído bien a Emilse.

Ajeno a las especulaciones de Lula, Chris paseaba con la frente en alto. Esas calles petisas y modestas, de paredes escritas con aerosol y en algunos casos sin revocar, punteadas con cadáveres de automóviles, se le antojaban las más agradables que había transitado en mucho tiempo. Hasta que Lula se detuvo, en la esquina de lo de Haydée, y se ocultó precipitadamente tras la ochava, temblorosa.

—¿Qué pasa?

—¡Vení, boludo, que no te vea!

—¡Qué pasa! —se escondió Chris, sin saber cuál era el miedo que le habían contagiado.

—Luca está en la puerta de mi hermana.

Chris se asomó cuidadosamente. Ese morocho, mediano de estatura, que esperaba junto a un Golf de vidrios oscuros, tal vez no fuera pan comido, como decía el Morsa, pero tampoco justificaba semejante terror. Lula se aferró a su brazo y le suplicó que la llevara lejos de allí. Nunca la había visto la mitad de nerviosa:

—Sacame de acá —era lo único que repetía.

Varias cuadras le duró el pánico hasta que pudo tranquilizarse y entonces lo abrazó. Resolvieron volver a Recoleta y tomar un remís para no exponerse en la parada del colectivo.

Luca era ladrón, de eso vivía, de «meter caño», y aunque no le gustara admitirlo era celoso. Antes de conocerla estuvo preso; ahora salía a «trabajar» con una banda; no iba ni a la esquina sin un revólver. Chris se enteró por fin ese día, todo junto y de una vez, del prontuario de su contrincante.

En el dormitorio, Viki abre su escondrijo personal, un cajón del *secrétaire* que mantiene con llave. Hace tiempo que Viki no lleva un diario íntimo: el último lo escribió a los quince años. Desde entonces a esta parte, sus memorias las registra una recopilación de objetos en desuso.

Frascos de perfumes vacíos, *tickets* de recitales, apoya-vasos, bisuterías, objetos que simbolizan o resumen etapas, acumulan vivencias y emociones, que simulan conformar un pasado y trazar, de algún modo, su identidad.

Viki abre el cajón y saca un boleto del subte londinense. Un *ticket* zona 2, de cuando vivía con Chris, en Kentish Town, una estación arriba de Camden en la línea Norte. Tal vez aquéllos fueron los mejores meses de su vida, piensa sosteniendo ese rectángulo de cartón con banda magnética; seguramente, marcaron algo así como un renacimiento, una reforma de su personalidad.

Viki se asoma por la ventana, sin ver lo que mira, no importa si cerca o lejos.

Como si quisiera desterrar la nostalgia, por no ponerse sensible, guarda en sus *jeans* el *ticket* y enciende un cigarrillo. No es tarde, se dice, aunque Nati tenga razón, aunque sea verdad que de este modo lo está perdiendo. No todavía.

Viki escucha la puerta y luego la voz de Tomás, que la saluda en voz alta, inesperadamente, porque a esa hora debería estar jugando al fútbol con sus amigos. Tomy trae un ramo de camelias y el ánimo bien arriba. Le dice que se cambie, van a comer a lo de Sofi.

—Adiviná quién va... —anuncia misterioso—: Julio Bocca.

A Tomás ni siquiera le gusta el *ballet*; es claro que lo hace por ella, para darle el gusto. Últimamente está más atento que nunca. Pero a Viki este cuidado le molesta. Porque le agudiza la culpa, quizás, o porque es un mecanismo inconsciente para justificarse a sí misma y argumentar de esta manera un distanciamiento de Tomy que la acerque a Chris.

Boca juega de local en Liniers, en la cancha de Vélez, porque La Bombonera está momentáneamente clausurada. Es una tarde nublada, las tribunas se recortan sobre un cielo pálido, lechoso. Chris nota que el color del césped se ve más intenso que de costumbre, pero considera que la observación quizás sea demasiado poética para compartirla con el Morsa y si algo lo aterroriza es que lo tilden de afeminado. Boca se mide con Belgrano de Córdoba, sin embargo la afición xeneize ya palpita el *derby* del próximo domingo, contra Racing. «Dicen que los de Racing tienen aguante / Van con la policía a todas partes / Dicen que son los capos de Avellaneda/ Ya les matamo' a dos en La Bombonera…». Aunque en la otra popular los cordobeses gritan una provocación: «En el barrio de La Boca viven todos bolivianos / que cagan en la vereda y se limpian con la mano…», La 12 los ignora y Chris se contagia el fervor de sus compañeros: «Ésa es la banda puta de Avellaneda / La que tiró los tiro' y se fue a la mierda / Se quedaron sin balas y empezaron a correr / Los tiros que vos tiraste van a volver…».

Apenas termina el partido Chris se acerca a saludar a Chelo y le propone juntarse a tomar unas cervezas el miércoles, antes de la cancha, cuando Boca reciba al Palmeiras por la Copa Libertadores. Chelo insiste en que se quede, pero Chris está apurado. Lula lo espera para ir a ver un *show* de danza contemporánea en el Teatro San Martín.

El ingeniero en sistemas busca la boca de acceso más cercana mientras Chelo y los pibes esperan al resto de La 12. Baja los escalones lentos, embotellados, la corriente lo lleva hasta la salida. De vereda a vereda, la corriente humana que desagota el estadio inunda las calles. Hay forcejeos y empujones, la gente se amontona como vacas.

En formación, el comando antidisturbios y sus camiones hidrantes controlan el paso de los hinchas, que es lento y torpe, fastidioso. Los hinchas se sienten intimidados por la sola presencia policial. Especialmente por la Policía Montada, cuya tropa tiene que domar el nerviosismo del caballo aparte del propio.

De pronto un incidente menor, un caballo que se yergue en dos patas y provoca una breve corrida, tensa los ánimos. Entonces recrudecen los insultos. Entonces un cascote, del tamaño de un adoquín, describe en el aire una curva pesada, anónima, y voltea del caballo al subcomisario.

Así, sin más, comienza el desborde en Barragán y las vías, a la altura del paso a nivel. El comando antidisturbios reparte bastonazos y se parapeta detrás de sus escudos de acrílico. Algunos hinchas corren, otros se plantan a combatir. Más que nunca, Chris quisiera estar con Chelo y con los pibes. Pero no hay un solo barra a su alrededor. Sin apurar el tranco, pasa frente a una formación de agentes como si paseara a la vera de un lago, como si todo eso no fuera cierto.

La montada barre a los hinchas que se habían plantado. Treinta o cincuenta metros los barre, y retoma su lugar junto a las columnas de infantería. Lejos de huir, los hinchas vuelven a desafiarlos. Aguantan con piedras y botellas, con cualquier objeto contundente a su alcance. Chris queda a mitad de camino, entre los hinchas y la policía, que comienza a reprimir con gases lacrimógenos y balas de goma.

Cruza Rivadavia y corre, en la misma dirección de los disparos, que ahora suenan detrás de él, corre con la misión única de huir, hasta que recrudecen las descargas y piensa que mejor es cubrirse: uno de esos ruidos tenebrosos lo puede ensartar. Se esconde en el umbral de una casa. Los hinchas, a su izquierda, se escudan en los coches estacionados y contestan la agresión. Chris se asoma: los efectivos avanzan tirando gases. ¿Cómo convencerlos cuando lleguen a su escondite de que él no tiró un solo proyectil? *For fuck's sake!*, se dice, y espía nuevamente. La infantería, que ahora está más cerca, prosigue su marcha implacable. La escolta la montada. Mucho no van a poder resistir los hinchas, deduce el inglés, en inferioridad numérica y de munición. Chris se esconde. Se quita el gorro de Boca, respira suerte y sale corriendo a toda velocidad, como nunca en su vida, corriendo por la vereda contra la pared, lo más rápido posible.

El Pelado Núñez sale del *toilette*, pide un capuchino y vuelve a la mesa, donde están Luca, Manija, el Fusta y Roche. Núñez sigue convencido de que los restaurantes y los bares facturan mejor los viernes que los sábados. Pero se guarda la opinión, ¿para qué insistir? Luca es el jefe y cualquiera de los dos días le da igual. Lo importante es que sea el fin de semana.

El objetivo ahora es un bar pituco en Libertador, entre el zoológico y Coronel Díaz. En esos locales, además de la caja, no es menos lo que se puede levantar de las mesas. El Fusta lo sabe bien: cunde el Rolex en esa zona.

Con que vaya uno solo a la caja es suficiente, dispone Luca, que en vez de reventar bares ya quisiera meterse de lleno en el robo al banco que le propuso el Lince. Pero esa historia no se hace de un día para el otro y mientras tanto de algo tiene que vivir. En la caja sólo hay un tipo, el encargado, y las dimensiones del salón son considerables. Por eso mejor concentrarse en las mesas, dice, basándose en el informe de Manija, que hizo el reconocimiento del lugar la semana pasada. El Fusta, con alguna experiencia en la zona, les recuerda que posiblemente haya un agente de la Policía Federal vigilando la esquina.

—Eso no es problema —resuelve Roche, voluntarioso—. Si hay un federico, yo me ocupo antes de entrar.

XIV

Nada, absolutamente nada. Ni una sola referencia en los periódicos ni en la radio. Tampoco en la televisión o en los canales de aire, que recién sintonizó, ni en los que emiten noticias las veinticuatro horas. Igual deja el noticiero.

Chris se levanta en el corte y busca una cerveza. ¿Estará sobredimensionando las cosas Gary? ¿Un poco tal vez? Él mismo, incluso, quizás esté algo paranoico. Distiende el cuello y se apoya en la mesada. En su campo visual entran las ediciones de *La Nación* y *Página/12*, las dos del mismo día, que dejó junto a la tostadora. Como sea, se dice, el punto es estar atento y seguir con su vida: no obsesionarse.

Regresa al *living* y decide apagar el televisor. Pero una noticia, que en nada se relaciona con la coima en la adquisición de los radares, lo retiene. Sube el volumen y escucha la desgracia de ese hombre, un comisario impulsivo y temperamental, en la provincia de Mendoza, que le pegó dos tiros al gerente de un banco por rechazarle un crédito. Parece que el comisario, aparte de temible, no era del todo prolijo con los números y debía un crédito anterior. El gerente hizo lo que pudo por explicarle este impedimento. Pero no pocas preocupaciones cargaba el comisario, aparte de una 9 mm, y las explicaciones del banquero sólo lograron ponerlo más nervioso. Harto de problemas y de no escuchar soluciones, desenfundó la Browning y tiró. Y volvió a tirar. Sin vueltas, sin boludeces.

La primera semana sin noticias de Lula estuvo bastante tranquilo. Tal vez anduviera corta de tiempo, pensó Chris. El trabajo de la bailanta y el de mesera, el curso de baile, los ensayos de la murga y cuidar a Juani no eran poca cosa.

Pero después se clavó en su mente la idea de que había vuelto con su novio. Ya la primera vez, cuando Lula se ausentó y fue a buscarla a Lugano, había supuesto que quizás estuviese con otro hombre. Ahora que sabía de su rival, esta era la hipótesis más creíble. Y, cierta o no, le causaba sensaciones contradictorias.

Por una parte, se sentía fuerte en la comparación con Luca. La había visto convencida de dejarlo y parecía cada vez más entusiasmada cuando estaban juntos. El deslumbramiento era recíproco, por eso creía inútil cualquier intento de Luca.

Por otra parte, sin embargo, la menos optimista, dudaba de haber tenido tiempo para arraigar en Lula. No se conocían verdaderamente, éste era su punto débil, ni los unían grandes vivencias. En este aspecto, seguro que la historia de ella con Luca era más consistente.

Llamó a lo de Emilse, y Juani le dijo que Lula estaba en lo de Haydée. Chris prefería llamar a lo de Emilse porque ahí era bienvenido, y porque la dueña de casa no podía ni ver a Luca. A diferencia de Haydée, que era cómplice del bandido en la relación con su hermana.

Una, dos y hasta cinco veces lo atendió Haydée; con amabilidad adusta los primeros llamados, con voz impaciente y cortante los últimos. Cuando finalmente la ubicó, Lula le dijo que estaba ocupada y que lo iba a llamar en cuanto pudiera. La notaba fría, irreconocible; nunca la había sentido así de distante.

—¿Seguro que está todo bien? —insistió Chris, incómodo—. Quiero decir, nadie te está obligando a nada, ¿no?

—De verdad, no te preocupes. Está todo bien. Te llamo.

—¿Qué es lo que pasa, entonces?

—Yo te llamo, de verdad. Ahora te dejo porque me tengo que ir.

—Argentina viene de *argentum*, que es plata en latín —le enseña Robert.

A él se lo había recordado recientemente el historiador Nicholas Shumway, quien lo había aprendido de Rosenblat. *Argentum* es la raíz etimológica de Argentina y se debe a un error de los españoles, que rebautizaron Río de la Plata al estuario por donde pensaban remontar hasta los yacimientos argentíferos del Alto Perú, hoy Bolivia. El nombre es dos veces inexacto o engañoso porque el Río de la Plata no conduce a Bolivia y porque nunca hubo plata en sus riberas. Pero también de mitos y de errores se hace la Historia, decía el anfitrión, mientras peinaba una línea en la mesita del *living*.

Desde que dejó de ver a Lula, Chris empezó a juntarse más seguido con Roberto. Después de cenar charlaban toda la noche en su casa, al calor del vino y la cocaína. A Roberto muchas veces le daba por hablar de Historia. Chris sabía, por Viki, que dos veces intentó Inglaterra conquistar el Río de la Plata y dos veces los criollos resistieron la embestida. Pero ignoraba el triunfo posterior de los británicos, con armas más sutiles, aunque no menos eficaces, como las finanzas y el comercio. Así Argentina, excolonia de España, pasó a ser satélite de Londres, su nueva metrópoli en términos económicos. A Robert le parecía razonable: ¿Qué consideración podía infundir en antiguos imperialistas como Inglaterra y Francia ese orgulloso puñado de aventureros, hijos de españoles, que acababa de inventar un país?

Ingleses fueron los frigoríficos y los ferrocarriles. Inglés el primer banco de la república, un banco privado, en 1822, que se llamó Banco de Descuentos de Buenos Aires y que fue origen de la banca estatal. Inglés el primer préstamo público, de tan oneroso, prescindible. Inglesas las primeras privatizaciones de empresas estatales. Inglés hasta el sentido en que circulaban los automóviles.

Si en 1810 Gran Bretaña había aplaudido la independencia argentina, para 1880 los intereses de sus empresas eran una subeconomía en la flamante economía criolla, proseguía Robert retomando su hábito de profesor de Historia. Del contrabando en parajes furtivos de la playa a célebres negocios con el gobierno: la progresión fue espectacular. Claro que eran hábiles los ingleses, concedía Robert, pero más de una vez contaron con la inmejorable ayuda de los criollos que, entre otras improvisaciones, sancionaron el código comercial antes que el penal e incluso antes que el civil, y a la hora de los números no supieron administrar ni proteger la riqueza generada por el desarrollo argentino.

A Chris se le hacía cuento la influencia de sus antepasados sobre estas tierras que le narraba Robert. Y es que de aquella influencia anglo no quedaba mucho a simple vista. Las estaciones de trenes, el nombre en inglés y el uniforme de los colegios privados; el nombre de algunas tiendas, una torre y un reloj en Retiro. Dos oleadas migratorias, que poblaron el país, trajeron una nutrida mezcla de culturas, entre las que prevaleció la italiana. Por número, eran más y se reprodujeron, y por contagio, decía Robert, que se llamaba Roberto Marcuzzi. Porque buena parte de sus costumbres se les pegó incluso a quienes no las traían de casa. Después de todo, resumía el profesor de Historia, fue una colonización sin culpa, sin sometimiento, pero colonización al fin, demográfica y cultural.

Chris no entendía por qué Lula había estado tan seca al teléfono. Por lo pronto decidió no insistir, aunque pasaban los días y su ansiedad era cada vez mayor. ¿La habrá amenazado? Aquella tarde, cuando lo vieron en la puerta de lo de Haydée, Lula se había puesto pálida. Seguramente Luca no era dócil ni comprensivo. Y mucho menos, generoso al punto de dejarla ir con otro hombre.

Al cabo de unos días volvió a intentar. Y Lula volvió a decirle que no se preocupara, ella estaba bien, y le repitió que iba a llamarlo cuando pudiera.

Con la humildad de un *beautiful loser* tuvo que asumir entonces que tal vez había vuelto con Luca por convicción. Después de todo, no era imposible que quisiera darle otra oportunidad.

Primero Viki, ahora Lula: adónde iba a llegar con esa suerte. Peor que un equipo en mala racha, se sentía condenado al descenso. Cada vez más descreído, más pesimista, seguro de arrastrar una mala suerte congénita.

Por eso, para despejarse, nada mejor que ir a la cancha con Chelo y con los pibes a ver a Boca. Antes del partido se juntaban en una parrilla. Y después de guardar las banderas y los bombos iban a un bar o a comer algo.

El inglés pensaba en voz alta ideas efectistas y dispares como la organización de un mundial de *hooligans* o que La 12 tuviera sus propios *pubs*, ideas que le sonaban ingeniosas y que luego le parecían menos creíbles cuando estaba sobrio. Aunque eso de los *pubs* podía rendir «un billete» interesante, no menos que los puestos de chorizos y gaseosas, los de gorros y banderas o incluso las entradas. A Morsa también le parecía redituable; era cuestión de proponerlo y ver qué pasaba. Los capos de hoy eran más lúcidos que los de ayer.

En el *toilette* del *pub*, Nati se retoca un maquillaje insulso. Nunca fue buena para acicalarse; le falta práctica. De hecho, siempre le pareció ridículo el espectáculo de las mujeres en el *toilette* de bares y boliches. Inclusive ahora siente algo de pudor. Se mira el escote en el espejo y piensa si no será demasiado. Sabe desde la secundaria, cuando empezó a usar la medida más grande de corpiños, que es uno de sus trucos infalibles.

Mientras se pinta los párpados procesa la información que acaba de recibir. Así que estuvo con otra, no con la modelo como ella había pensado. Y así que está solo otra vez. Sonríe. La pone contenta, sobre todo, que no salga más con la modelo. Y aparte también cortó con esa otra, la última.

Claro, deduce, por eso recién en la mesa le sostenía la mirada más de lo común; por eso lo había sorprendido, varias veces, mirándole el escote. Nati guarda el corrector, la sombra y el rímel y se pone la boina. No quiere hacerlo esperar, ya hace mucho que entró al baño. Vuelve a mirarse en el espejo antes de salir, y la exaltación le sacude el ánimo. Es una suerte inesperada que esté solo, se dice, pero solo un bombón así mucho no puede durar.

XV

GARY ESTÁ SENTADO, la espalda contra la pared, en el piso de una habitación sin muebles. Con una mano sostiene el teléfono, con la otra se rasca la nuca.

—*Hang on.*

—*What?*

—¿De dónde estás llamando?

—De un locutorio.

—¿No será el mismo de la última vez, no?

—Es uno nuevo.

—Es el mismo código que la última vez.

—Dale, Gary, ¿qué pasa?, confiá en mí.

—Tenés que cambiar de locutorio en cada llamado, no te olvides.

—Ya lo sé, no te preocupes.

—¿Hablaste con ella?

—No todavía.

—*Oh really?* ¿Y puedo preguntarte qué carajo estás esperando?

—Que sea el momento preciso, ya sabés…, no quiero perderla.

—¿Pero no se supone que quieren estar juntos, ustedes dos?

—Claro que sí.

—¿Y entonces?

—Entonces nada. No quiero que se asuste, eso es todo. Ella tiene que estar lista para enfrentarlo. Sólo necesito un poco de tiempo.

—Tiempo es exactamente lo que no tenés.

—Ya sé. Pero no puedo echarlo a perder así nomás. No justo ahora.

—Chris, no me hagas hacer el padre. Ya te lo dije, esto no es un juego.

—Tranquilo.

—Tenés que hablar con esa chica cuanto antes.

—Confiá en mí.

Luca sube al Golf con vidrios polarizados y pone *Oktubre*, de Los Redondos, el disco de *rock* nacional que más escuchó en los últimos cinco años. Saltea la primera canción y deja *Preso en mi ciudad*. Sube el volumen. Ya va a cruzarse, se dice, con ese hijo de puta. Tarde o temprano lo va a encontrar y le va a poner los puntos. Sea quien sea, pare con quien pare.

Lo más inteligente es estar tranquilo, se propone, como si fuera un trabajo. Pero el odio le nubla la mente cuando la imagina a Lula en la cama con ese tipo sin rostro. Insulta y descarga un trompazo contra el techo. Para empujar la imagen fuera de su cabeza enciende un cigarrillo, se concentra en el tránsito.

Acelera a fondo por la avenida General Paz, sale en Eva Perón y agarra Piedrabuena. Estaciona frente a la disco donde trabaja Lula. El dueño, que atiende los últimos detalles para esa noche, lo reconoce de inmediato.

—¡Mirá vos, tanto tiempo!

—¿Qué hacés, Jonathan?

—Bien, che, por suerte. ¿Qué tomás?

—Fernet, gracias.

—¡Qué sorpresa, mirá vos! Se nota que andás bien, ¿eh? Vos sí que no te podés quejar. Mirá esa pilcha. ¿O me equivoco? No sabías qué ponerte y te viniste en bolas.

—Se hace lo que se puede.

—Bueno, contame: ¿pasó algo o tenías ganas de verme?, —dijo el dueño, por darle pie, pues ya intuía la respuesta.

—Eso quizá me lo podés decir vos.

—Lo decís por Lula, supongo.

—Sé que la vinieron a buscar los otros días. Un chabón de La 12, ¿puede ser?

—Así me dijeron. Pero yo no estaba. Pará, que te lo traigo al Rulo.

Y mandó llamar al encargado para prevenir cualquier sospecha, para mostrarse solícito, porque aunque la apreciara a Lula quiso dejar constancia de su incuestionable lealtad.

La deferencia que el dueño dispensaba a Luca no era infrecuente en ese ámbito. A muchos les inspiraba, con razón, terror y pleitesía. Su prestigio en el mundo del hampa lo conocían muy bien en ciertas zonas en el sur y el oeste del Conurbano.

Le pasó el fernet y se sirvió un *whisky*.

—Vení, Rulo, sentate, que acá te tienen que hacer unas preguntas.

Como el lunes era feriado y ninguno tuvo inconvenientes para puentear un día, Tomás y sus amigos habían decidido tomarse el fin de semana largo para ir a cazar huemules a San Juan. Salieron de Buenos Aires el jueves por la noche apenas terminaron la cena.

El viernes Viki se levantó una hora antes que de costumbre y desayunó un *yogurt*. Después de la ducha, se maquilló con entusiasmo y destreza y hasta tres trajes se probó antes de salir de casa. Al llegar a la oficina, cuando saludó a sus compañeros, supo que el primer objetivo estaba casi garantizado. Mientras trabajaba sin pausa para no dejar nada pendiente confirmó en dos llamados lo que había organizado ayer. A media mañana lo llamó a Chris y le propuso reunirse en la hora del almuerzo.

Se encontraron en Mitre y Reconquista. Viki lo besó en la comisura de los labios y lo miró con alevosía para que no quedara ninguna duda de sus intenciones. Chris sonrió por toda respuesta. Tres o cuatro cuadras conversaron, más pendientes del coqueteo que de la conversación, hasta que él propuso un lugar. Antes de llegar al barcito ella le preguntó qué iba a hacer el fin de semana. Quería invitarlo al glaciar Perito Moreno, estaba todo listo para salir esa misma tarde.

Con escepticismo, Chris aceptó por el glaciar más que por cualquier otra expectativa y regresó al Ministerio, a diferencia de Viki, que volvió a su casa en vez de ir al trabajo, y con un hormigueo adolescente en el estómago se puso a revolver el armario en busca de su ropa más sugestiva.

Del aeródromo de San Fernando, en la periferia de Buenos Aires, despegaron en el avión particular de Totó y antes del anochecer aterrizaron en El Calafate. Sin Natalia, sin amigos, expuestos a un nivel de intimidad al que Chris ya creía haber renunciado para siempre.

El Lear Jet 25-D aún surcaba cielo bonaerense cuando Viki posó el Martini en el apoyavasos, apagó el cigarrillo y, sin quitarse del todo la ropa, con una sonrisa cómplice se sentó encima de Chris.

—*Do you still like me?* —le dijo ella al oído.

Con intencionada pasividad, él dejó que le desabrochara los pantalones.

—*I missed you* —se abandonó Victoria, en voz baja.

Llegaron al hotel con la idea fija. El frenesí y la ansiedad acumulada durante años, que al principio los arrebató, comenzó a alternarse con reminiscencias intermitentes de su pasado en Londres y con intervalos en los que una sensación de inverosimilitud se adueñaba de ellos, los enardecía a la vez que los abismaba, y los hacía oscilar entre la extrañeza y la familiaridad. Un desfile de ornamentos urdido por Viki, ropa íntima Victoria's Secret, sandalias con taco a tono, hash, champán demi sec, contribuía a la singularidad de ese momento casi ficticio del que no querían despertarse.

Al día siguiente fueron al glaciar. Y el domingo Chris propuso ir otra vez. Estaba eufórico. Lejos de ser un trabajoso razonamiento, ahora podía sentirlo: ocurriera lo que ocurriera con Viki, sin duda había sido mejor viajar que quedarse en Londres con un enigma irresuelto.

Tomás corta cuando una grabación, por enésima vez, le dice que el teléfono celular al que llama está desconectado o fuera del área de cobertura.

—¿Qué hacés acá solo, man?

—Nada.

—¿Cómo que nada? Boludo, te noto preocupado.

—No pasa nada.

—Dale, gil, no te hagás el fuerte. Para qué soy tu amigo si no, ¿eh?, tonta.

—No pasa nada, man.

—¿Algún quilombo en el laburo?

—…

—¿Eh?

—El laburo está a pleno.

—Qué onda, pasó algo con Viki.

—No, todo bien.

—Dale, man, contame. Es eso ¿no? ¿Sigue estando rara?

—Está rara desde que vino ese inglés de mierda. Está como…, no sé, ¿viste cuando estás molesto con vos mismo? Se queja de todo, se enoja. Después se arrepiente. No te rías, boludo, ya no sé qué hacer. Está insoportable.

—Pero vos…

—Y mirá que le vengo poniendo ganas al asunto, ¿eh?

—No lo dudo. Pero, digo, ¿vos le sacaste el tema?

—Se hace la boluda. Dice que está así porque quiere cambiar de trabajo. Que la historia no es conmigo. Que el pelotudo ese no tiene nada que ver.

—Y vos no le creés ni la mitad.

—Menos que la mitad.

—Estás seguro que es por el chabón.

—Segurísimo.

—Entonces vas a tener que pensar en encararlo. O mandarle unos nenes, como dice Gonza. Yo me ofrezco a tirarle una granada, si falla lo del apriete.

—Gracias, Willy, sos un amigo. ¿Te puedo pagar en dos cuotas?

—En tres, si te queda mejor.

—Lo mejor es que lo pise un auto. O simular un robo.

—Homicidio en tentativa de robo, ¿por qué no? O también puede olvidarse el gas abierto, a la noche, cuando se va a dormir. Eso también puede andar. Hay que conseguir una mina que lo seduzca y que abra la llave de gas cuando se quede dormido. ¿Qué te parece? Vamos, dale, que ya le están entrando al fernet.

Un BMW plateado, último modelo, estaciona en la puerta de lo de Emilse. Lula baja del coche con sensualidad, favorecida por un minúsculo vestido que realza sus encantos. Baja y cierra la puerta suavemente, sabe que eso a los hombres les gusta.

—Gracias por acercarme —se asoma a la ventanilla—. ¿Anotaste bien el otro número? Si no estoy acá, me encontrás en lo de Haydée, mi otra hermana.

—Tranquila, yo te llamo —le responde una voz segura, viril, con tono seductor y hasta engreído.

XVI

—¿Seguro?

—Sí.

—No te escucho, decilo de nuevo.

Chris mira la cabina de al lado y piensa en colgar y llamar otra vez.

—No creo que le pase nada.

—¿Qué querés decir con no creo?

—Que es muy difícil.

—Dale, Gary, quiero escuchar la verdad.

—Te estoy diciendo la verdad. ¿Por qué querrían hacerle algo?

—Porque está conmigo, por qué va a ser, zorro.

—No creo que eso influya en este caso. ¿Ella qué tiene que ver?

—Nada, es verdad. Pero de cualquier forma…

—Ella no es tu cómplice —Gary se levanta, sale de la habitación sin muebles y pasa a otra, más pequeña, en la que hay un escritorio—, no tiene nada que ver en esto. Y ni siquiera lo sabe, ¿o sí?

—No.

—Tampoco que tenés que irte, ¿cierto?

—No todavía.

—Sabía que ibas a decir eso, la puta madre, carajo.

—Ya se lo voy a decir.

—¡Cuántas veces te lo tengo que explicar!

—*Don't worry, mate. Take it easy.* Sé exactamente lo que estoy haciendo.

—*Take it easy, take it easy*, imbécil, ¿cuándo se lo vas a decir?

—No te preocupes.

—¿No me estarás tomando el pelo, no?

—Tranquilo, voy a hablar con ella, confiá en mí. Lo que me preocupa es que le hagan algo.

—Dudo que le hagan algo.

—Eso significa que es posible.

—Nada es imposible. Algún riesgo siempre hay, quiero decir, por el simple hecho de que está con vos. Pero no creo que se metan con ella. Lo que sí es seguro es que mientras estés ahí no la ayudás.

—Puede que la usen para quebrarme, ¿no es cierto?

—Eso despende. Si escuchan esta conversación, seguro.

—No es gracioso.

—No creo que lleguen a eso, no les hace falta. De cualquier forma, si querés estar más tranquilo, eviten los lugares que frecuentás normalmente, qué sé yo, el trabajo, los bares, tu casa. Es importante que no la lleves más a tu casa.

—Lo sé.

—Si anduvieran detrás tuyo sería normal que saquen fotos en la puerta de tu edificio.

—Lo sé.

—De cualquier forma, nada de esto sería un problema si hablaras con esta chica, si lograras subirla a un puto avión y salir inmediatamente de Buenos Aires. ¿No te parece?

—Tenés razón, ya sé, sólo tengo que encontrar el momento justo. Aparte, no podemos seguir en esta condición de fugitivos. Estoy cansado de verla a escondidas.

El Renault 18 del Morsa estaba en el taller. Y ninguno de los pibes había venido en auto. Así que salieron antes de la parrilla para tomar el colectivo.

Boca jugaba de local contra Colón, que venía de perder contra uno de los peores del torneo. Pero no iba a ser tan fácil como aparentaba. Para los santafesinos un empate en La Boca era negocio. Por eso, con mucha marca, con poco fútbol, especulaba Morsa, los sabaleros iban a meterse todos atrás. Venían a defender sin la pelota y a salir rápido de contragolpe. O a encontrar la suerte en una pelota parada. Boca, en cambio, necesitaba ganar si quería mantener la ilusión del campeonato.

Chris caminaba detrás de Chelo y de Morsa, atento a lo que decían, cuando cerca de la terminal de trenes, en Constitución, se cruzaron con un nutrido grupo de hinchas de Racing, que esa tarde visitaba a River, en Núñez.

Fue cosa de un momento: los bandos se señalaron, hubo una primera indecisión, una milésima de duda, y en seguida los insultos, los gritos de guerra, los botellazos y las amenazas que preceden un combate.

Chelo se dio vuelta:

—Ahora hay que aguantar, eh, no corrás. —Y lo miró a los ojos—: Quedate cerca, ¿entendés? Cerca. Y no te alejés por nada.

Así llegó la hora de la verdad para Chris, uno de los pocos escoceses nacidos en Manchester y de linaje puramente inglés.

Al principio se acobardó el *supporter* del Manchester City. Se asustó feo cuando los de Racing cargaron con vehemencia y todo indicaba que iba a ser una paliza. Pero combatir al lado de tipos como Chelo y Morsa es fácil. Siempre inspiran confianza. Ganen o pierdan, ellos van al frente. Es muy difícil que arruguen. Casi imposible correrlos sin pistolas o cuchillos. Incluso en inferioridad numérica se plantan. Como ahora, que eran diez contra veinte, veinticinco simpatizantes de La Academia. Si no más. Porque no pocos espiaban desde la esquina.

Después del choque inicial, cuando pareció que iban a imponerse, los hinchas de Racing que conformaban la primera línea retrocedieron. Entonces fue el turno de los que se habían quedado en la retaguardia. Pero estos aguantaron menos que los anteriores, que cobraron otra vez y acabaron por replegarse en desorden.

La facción que miraba desde la esquina, al ver el recule de sus compañeros, giró sobre su eje y empezó a correr. Con apuro. Con horror. Entonces sí, los barras de Boca se les fueron detrás. Porque era lo más lógico. Porque en ese momento ninguno pensó que tal vez hubiera gente de Racing oculta en la esquina. Excepto Chris, que lo llamaba en vano a Morsa, varios metros adelante suyo, y procuraba alcanzarlo con desesperación, exhausto por la carrera, mientras presagiaba una emboscada mortal. Cruzaron la bocacalle y finalmente les cayeron encima a los rezagados para robarles, tras algunos golpes atropellados, gorros y banderas.

La calle queda estática y en silencio. Con naturalidad o indiferencia, con resignación, la calle archiva el incidente y recupera, apenas un minuto después, la habitual quietud de los domingos. Cantando, los muchachos abandonan el campo de batalla. Cantando suben al colectivo. Exhiben gorros y banderas de Racing, sus trofeos de guerra, y golpean el techo como si fuera un bombo.

Viki no se dio cuenta del sacrificio que le pedía. Por eso insistió cuando Natalia improvisó la excusa del casamiento para no ir a la fiesta con Chris y sus amigos. Esta vez la fiesta era en Mar de Las Pampas, un balneario *slow zone*, a tres horas de Buenos Aires.

El viernes a la noche, Natalia, Chris y Federico subieron a la 4x4 de Viki, que tuvo considerables dificultades para deshacerse de Tomás y no pudo evitar que se les sumara su primo. El primo de Viki raras veces les caía bien a los demás. No era mala persona, pero tenía la pésima costumbre de volverse gradualmente insoportable. Dos cosas había en las que nadie lo superaba: la facilidad de aturdir a quien lo oyera y una confianzuda desinhibición en el trato con los desconocidos. Fede le decía Aliento, (era sinceramente demoledor), y en la medida de lo posible intentaba esquivarlo. Chris era la primera vez que lo trataba y el viaje de ida le alcanzó para conocerlo de sobra.

Según lo previsto, pararon a dormir en Pinamar, a medianoche ya estaban en el hotel. Querían reponerse para la fiesta programada el sábado que iba a ser maratónica. Natalia miraba a Chris y a Viki y se le hacía un nudo el estómago aunque quisiera disimularlo y procurara animarse. Aunque ese dolor, encima, le hiciera sentir culpa. Como si fuera poco, tuvo que dejarlos a solas unos minutos en la habitación que compartía con Viki.

La mañana siguiente, ya en destino, Chris se puso un rato con su *notebook*. Aún no consideraba irse de Argentina, y el proyecto de la consultora con el amigo de Robert le parecía prometedor. Trabajó un rato hasta que Aliento, fascinado de charlar con un inglés, lo bombardeó a preguntas. Federico miraba el acoso y se reía. Sólo después de unos minutos intervino en su ayuda, y le pidió que lo acompañase a caminar. El primo, ya que se iban, aprovechó para pedir prestada la *notebook*. Si algo le molestaba a Chris era la gente confianzuda. Pero no quiso ser antipático con el pariente de Victoria. Y se la dio, sobre todo, para que Aliento no pensara en unírseles.

Bordeando la orilla se alejaron unos kilómetros hasta unas dunas ideales para refugiarse del viento y encender un cigarrito de marihuana. Fumaron. Federico prefería las playas de Brasil por el mar, que allá es cálido, y porque en las argentinas invariablemente pareciera que un ventilador gigante y perpetuo soplara sobre la costa. Chris, que aún no le había confiado lo de Viki, estuvo a punto de decírselo. Pero mientras menos gente lo supiera, supuso, más difícil sería que Tomás se enterase.

Cuando volvieron el primo los esperaba en la orilla.

—¿Dónde estaban? —le preguntó a Chris—. Me quedé dormido. Tardaron un montón.

Chris y Federico se miraron, y antes de que respondieran, el primo volvió a hablarle a Chris.

—Ayer les contaba de vos a mis amigos, y estábamos pensando…, ¿me das uno?, gracias, dejé el atado en el coche… Te decía, estábamos hablando de vos y como nos vamos a Europa y el alojamiento vale fortunas, se nos ocurrió que por ahí conocés a alguien que nos… ¡Mierda, Chris, tu *notebook*! ¡Se la lleva el mar!

Chris miró el agua con desesperación, y corrió hacia la PC portátil hasta que la rompiente de una ola la tapó por completo. Entonces se detuvo y se agarró la cabeza.

El primo de Viki buscó la máquina y empezó a sacudirla.

—Dejá, no te preocupes —dijo Chris, desarmándolo con la mirada, asestándole en su imaginación un *uppercut* directo a la mandíbula, fantaseando que le pegaba un rodillazo en el vientre, un codazo en la espalda, que le hundía esa cara de imbécil en la arena, y se la quitó de las manos sin descargar ni siquiera un insulto.

Más tarde, un paseo por el bosque a solas con Viki le devolvió la calma. Mar de Las Pampas era un bosque de pinos, que empezaba al borde de la ruta y se extinguía a unos metros de la costa. Más elocuente que Mar Azul, Mar del Plata o Pinamar, era el nombre que mejor describía ese mar abierto y liso, de playas inmensas, ancho y largo hasta el horizonte, que de algún modo era la continuidad de la pampa. Unas pocas y modestas edificaciones había entre los árboles, y una hilera de dunas mediaba entre el agua y el pinar.

La fiesta la hicieron en el bosque, para resguardarse del viento y del frío. Al amanecer, en un lapsus de involuntaria seriedad, Chris se puso a medir las chances de que Viki dejara definitivamente a Tomás. Ni él ni ella se enteraron, en esos días, del sacrificio que a Nati le costó aquel fin de semana.

Lula, ya cambiada, recorre un pasillo y entra al estudio de Trópico Visión. Ahora que por fin llegó hasta ahí lo ve ridículamente más chico y modesto que en la tele. El público ocupa la tribuna, también más insignificante de lo que creía, y una acelerada confusión de productores y asistentes se agita detrás de cámara. El calor de las luces la sorprende. Nunca pensó que fueran como una calefacción. Antes de subir a la tarima le dan las últimas indicaciones.

La coreografía es básica. Mucho menos sofisticada de lo que ella podría demostrar. Ya lo había visto por televisión. Las bailarinas, detrás de los músicos, casi todo el tiempo se mueven en segundo plano. Lula piensa que tiene que poner cara simpática y acentuar la cadencia cuando la enfoque esa cámara mirona al pie de la tarima. No todas las tardes se baila en Trópico Visión.

—¡Vamos que ahí viene! —avisa una voz detrás de cámara.

El cartel que dice «En el Aire» se ilumina y a los pocos segundos, después de una seña, empieza el programa más popular de la movida tropical.

Gary cruza la calle para ir al supermercado, pero dos tipos, a mitad de cuadra, se le vienen encima. Antes de cualquier reacción, un trompazo en la boca del estómago le quita el aire. Acto seguido, está contra la pared, como si los tipos lo ayudaran a sostenerse.

—Te dejás de romper las pelotas, hijo de puta, o estás muerto —amenaza uno y lo golpea más fuerte.

—¿Dónde mierda pensás que estás, pelotudo? —dice el otro, apuntándole al vientre con una Browning, estrangulándolo al mismo tiempo con la otra mano.

—¿Eh? ¿Qué sos boludo? Para qué te metés en lo que no te importa. Por qué no pensás mejor en tu hijo, que hace mucho que no lo ves.

—Decime una cosa —lo apura el primero—, vos, que venís acá a dártela de Robin Hood, ¿no tenés nada mejor que hacer? ¿Por qué no investigás de quién son las Malvinas, conchudo de mierda?

—¡Pero, che! —se burla el segundo—, no te pongas roja. ¿Qué pasa, te falta el aire? Miralo a este cagón —le dice a su compañero—, es una mina.

Con los ojos cerrados, en silencio, Gary le ruega a Dios que la amenaza concluya rápidamente.

—Mirame, ¡ey!, mirame bien. No te lo vamos a repetir, ¿me escuchás? Dejate de joder con los radares y volvete a Londres.

Con la palma abierta, de lleno en el rostro lo sacude el de la Browning cuando decide ponerle fin al estrangulamiento.

—La próxima te mato, hijo de puta. ¿Oíste? Primero a vos y después a tu hijo.

Luca hace puerta en lo de Emilse, a media cuadra y dentro del auto, en la vereda de enfrente. Acá sería lógico sorprenderlos, supone. Seguro que Emilse consiente la historia con ese tipo; es más, seguro que lo recibe en su casa. Mientras vigila hace un resumen de lo que averiguó, lo poco que averiguó, y trata de adivinar las huellas del adulterio.

En el bar donde Lula es mesera, o no sabían o no quisieron contarle. El encargado, incluso cuando le tembló la mirada, aseguró que jamás la había visto con otro.

De los murgueros tampoco obtuvo gran cosa. Sólo que el chabón había ido a buscarla dos veces y que usaba pantalones raros. Nadie podía precisarle si era de La 12 o no. Pero más que barrabrava parecía actor o modelo. Una de las chicas estaba casi segura de que Lula lo había conocido en el acto del Garrahan. Y otra dijo que tenía un acento exótico, como si viniera de lejos.

Esta versión no encajaba con la de Jonathan y el Rulo, que era la pista más firme. Y lejos de cuadrar, la contradecía; un modelo extranjero, en la bailanta y con La 12, sonaba poco convincente. Una de dos, infirió: o Lula le estaba siendo infiel con más de un tipo o los murgueros se confundían. La hipótesis de Rulo, más argumentada, era la más creíble.

Por eso, ahora sí piensa tocar a los conocidos que le quedan en Lugano. Aunque ese barrio, para Luca, siempre sea un agite por las cuentas pendientes con la Ley y con otros bandidos. Por el memorioso rencor que caracteriza al gremio del hampa.

Alguno de los suyos quizá puede averiguarle sobre ese «guacho» de La 12 que anda con Lula. Informarle, por ejemplo, dónde para y con quién. Ésta es la mejor forma de encontrarlo; al menos sin que Lula lo pille. Y si no, va a tener que seguirla. Aunque sea un riesgo. Aunque casi la pierde la última vez que ella lo descubrió espiándola de cerca.

XVII

En el *living* del departamento de Chris, mientras Viki se baña, él especula sobre la investigación de Gary. Piensa en Totó y en Viki, y confía en la suerte de que no lo salpique ese fango. O al menos eso quiere creer. Porque no sabe de qué forma decírselo para que no se sienta engañada. Así se entere antes o después y más allá de la difícil relación con su padre, a ella le va a costar, si alguna vez lo logra, asumir que las cosas son de ese modo, que no es ingratitud ni traición; simplemente lo que corresponde. A pesar de que Totó le haya conseguido trabajo, aunque le haya prestado un departamento.

Chris le pregunta a Viki si quiere algo del kiosco y sale a comprar cigarrillos. Ella sigue esgrimiendo ahora lo mismo que en Calafate. Y tal vez sea verdad, razona Chris, que un cambio de esa envergadura requiere una transición, que Tomás la respaldó en momentos duros, que tiene que estar preparada para enfrentarlo.

Por no enroscarse, ya de regreso, resuelve que en caso de urgencia, si llegara a verse comprometido, le convendría admitir que conoce a ese periodista, un compatriota que lo ayudó después del robo durante aquel primer día en Buenos Aires, y al que frecuentaba de vez en cuando. O mejor, con bastante asiduidad. Porque si el asunto empeorara, de alguna forma tendría que justificar su foto, (entrando o saliendo de lo de Gary) en los archivos de Inteligencia.

Tranquilo, se da ánimo en el ascensor, cada cosa a su tiempo.

Lula sube al 21, en Liniers, y se baja en Recoleta. El impulso que la arrimó para esos lares aún la empuja; lo que le falta es confianza. Sabe que ningún argumento podría redimirla si él no la perdona. La mortifica la certeza de no poder borrar lo que hizo.

Llega a lo de Chris pero no se anima a tocar el timbre. Cruza la calle y espera del otro lado. Se siente ridícula. Por más de un momento está a punto de volverse. Pero se repone. Porque si recula ahora después será peor, piensa. Y como dice Ramón, el novio de Emilse, nunca conviene archivar una esperanza antes de tiempo.

Encararlo con la verdad, se promete, demostrarle que está arrepentida, que lo único que quiere es estar con él, así le tiene que decir, sin rodeos, y que haría cualquier cosa por conseguirlo. Una corazonada la reanima. Cómo, no lo sabe, pero de algún modo adivina que todo va a arreglarse.

Con el peso irreversible de la realidad, de pronto ve que una chica, al volante de una 4x4, viene con Chris. Estacionan y se bajan. La ve darle la mano, pegarse a su cuerpo. Y aunque no la conoce, la intuye. Porque es atractiva y parece de la zona, porque así la imaginaba a esa «pituca» que lo conoció en Londres. Y se siente menos. Ella, que tantos tipos cautivó. Siente que la abandona la ilusión, que ya es tarde. Y por ridículo que parezca, desconfía de su encanto, de estar a la altura y poder competirle a esa«mina» que seguramente habla en inglés con Chris.

Aunque la coima comprometía a los servicios secretos, aunque Gary le había aconsejado prudencia extrema, Chris nunca se asustó. Ni siquiera después de que los matones intimidaran a Gary. Siempre mantuvo la calma. Hasta que un *e-mail*, en su nueva casilla, enrareció las cosas. Era un texto lacónico y desconcertante, cuya desesperación denotaba no el contenido sino su parquedad y su apuro: «*Call me asap.* + 44 20 7386 1646».

El *e-mail* no estaba firmado, tampoco hacía falta: el único que conocía esa dirección era Gary. «Llamame cuanto antes»: la frase en sí misma era intranquilizadora. Y el hecho de ser la única la acentuaba gravemente. Pero más inquietante aún era el número de teléfono: ¿qué hacía Gary en Inglaterra? Durante la última conversación, el jueves, no había mencionado que pensaba viajar.

Según la fecha de envío, el mensaje ya tenía tres días. Entre otras conjeturas, antes de ir al locutorio supuso que tal vez se tratara de una trampa. Pero sólo ellos estaban al tanto de esa dirección electrónica. Gary la había creado junto con otra, tras la amenaza de los matones, para comunicarse exclusivamente con él.

Miró su reloj: era de madrugada en Londres. Antes de entrar al locutorio fumó otro cigarrillo en la puerta.

Después del enésimo ring, la voz dormida de Gary respondió con desgano.

—*Hey, Gary! What are you doing in London, mate?*

—*Chris?* —se incorporó en la cama—. *Are you all right?*

Tres días llevaba esperando que lo llamase. Chris le aseguró que estaba bien y Gary le contó que había tenido que irse. La casa se la reventaron a las cuarenta y ocho horas de la última vez que se habían visto. Los tipos, además del desorden, le habían dejado una nota fúnebre. A partir de ahí todo se precipitó. En el periódico, lo mismo que en la embajada, dijeron que Buenos Aires ya no era un lugar seguro para su integridad física, y le aconsejaron marcharse de inmediato. Dos tipos lo seguían adonde fuera. Hasta último momento los tuvo detrás, por eso no había podido avisarle personalmente ni por teléfono y había preferido enviarle un correo electrónico.

Chris escucha con atención. Gary le dice todo de una vez. Que el clima va a ponerse más áspero cuando se publique la coima; que piense, al menos por una temporada, en irse de Argentina; que no dude en contarle si algo le llama la atención, que abra bien los ojos. Y le recuerda que deben haberlos visto al entrar o salir de su edificio. O para ser más exactos, se corrige, del que hasta hace tres días y medio era su edificio. ¿Irme de Buenos Aires?, piensa Chris mientras habla su amigo, *No fucking way*. No con las manos vacías, no justo ahora que todo parecía encaminarse con ella y además tenía el proyecto de la consultora con el amigo de Robert.

Gary le recomienda un local, en avenida Corrientes, donde puede conseguir celulares sin registro. Y que en la próxima llamada le pase el número del teléfono que compre. De ahora en más, esto era importante: cada llamada tenía que hacerla de un locutorio diferente. El celular era sólo para urgencias, por si Gary necesitaba ubicarlo. Y, por supuesto, nadie más podía conocer ese número. El *deadline* para irse de Buenos Aires era la publicación de la noticia. Ante cualquier incidente debía recurrir a la embajada.

Viki le exige que no la presione. Para ella también sería más sencillo si estuviera en su posición. No puede dejarlo así nomás a Tomy. Deambula por el antiguo *living* de techos altos y se detiene frente al ventanal. Mucho tiempo juntos, dice, y sobre todo muchas cosas vividas. Cuando ella volvió de Londres Tomás supo esperarla. Aunque suponía que había estado con otro hombre, nunca la presionó. Por eso, y por otras crisis que pasaron codo con codo, era una cuestión de respeto. No podía deshacer todo de un golpe. Tomás no se lo merecía. Y tampoco ella, porque tarde o temprano iba a reprocharse la ingratitud de irse como si nada.

Chris oye en silencio y asiente: *fair enough*. Él no la presiona ni le exige que abandone a su novio, pero le recuerda que si no vino antes fue porque no pudo. Si él hubiera venido antes, insiste ella, la situación sería otra.

La vio de pronto en la puerta de su edificio, ya se acercaba a saludarlo:

—Necesito que hablemos.

Chris había ido a tomar cerveza con amigos a la salida del trabajo y de regreso a casa no esperaba encontrarse con esa visita. De casualidad, por esos caprichos del destino, no se había demorado con Federico y los otros en el *pub* irlandés.

—Sí, dale —respondió tardíamente. ¿Subimos o preferís un bar?

Por suerte no estaba con Viki, pensó Chris cuando se repuso del asombro. Sorprendido a la vez que entusiasmado de verla, no descubrió la inquietud en su cara hasta que pasaron al *living*.

El viaje en ascensor se le hizo hostil a Lula, que lo sufrió como un preludio interminable, preocupada por generar el clima propicio, los dos sentados frente a frente, para atreverse a soltar lo que había venido a decirle.

—¿Qué onda?, pensé que te había pasado algo —rompió el silencio Chris, sin gran expectativa, convencido de que ella había estado con su novio.

—No me pasó nada —respondió ella con trabajosa compostura, a punto de quebrarse.

—¿Vos cómo estás? ¿Tus cosas bien?

Chris deja el bolso en el perchero de la entrada y va a la cocina. Lula lo sigue. Mientras le cuenta del proyecto laboral con el amigo de Robert saca dos porrones de cerveza y los destapa. Lula no entiende por qué compra esas botellitas, que son más caras, en vez de comprar las de litro. ¡Justo él, con lo que toma! Pero ahora no piensa en esto. Ahora ve los porrones con una imprecisa sensación de familiaridad. Se da cuenta de que este detalle no la sorprende y enseguida reprime el resto de la reflexión y adopta un aire circunspecto. Entonces propone volver al *living*. Se acomoda en el sofá, enciende un cigarrillo, lo mira a los ojos en un intento por exhibir dominio de la situación.

—Yo sé que lo que te voy a decir… —arranca valiente pero duda a mitad de camino y su voz llega finita y llorona al final de la frase—… sé que quizá no me lo perdones.

Chris sonríe incómodo.

—Está todo bien —le dice y procura que se calme.

Pero el llanto la desborda y recrudece, y con la respiración entrecortada Lula le confiesa que se acostó con un productor de televisión. Jura que lo hizo para que le dieran una oportunidad, porque supuso que le abriría la puerta a un futuro mejor para ella y para Juani.

— Pero no hay excusa —admite—, fui una imbécil.

Perplejo, Chris no atina ningún comentario. Según su conjetura, la confidencia se debe a que ella no está reconociendo una infidelidad sentimental sino una bajeza para conseguir trabajo. Lula sabe que se equivocó, esa no es la forma de ser una artista, y sabe, sobre todo, que nunca más querría sentirse así. Con el último resto de orgullo endereza la voz y completa como puede, sin eufemismos, el discurso que había previsto. Ella lo entiende si no la perdona. Es más, agrega, no está en condiciones de culparlo si piensa que es una puta. Ella misma es incapaz de perdonarse: justo ahora, que había conocido a alguien especial, tuvo que arruinarlo todo.

Chris no logra alzar la vista del piso. Lo que acaba de escuchar y la cara de Lula, desencajada por el remordimiento, anulan cualquier reacción posible. Pero algo tiene que decir.

—Pensé que estabas con tu novio —es lo primero que le sale.

Entonces se reprocha la torpeza y se corrige.

—Quiero decir, yo no pienso que sos una puta. Pero hiciste cualquiera. Además no te hace falta. ¿Para qué? Si sos una excelente bailarina. Y hermosa.

Las palabras de Chris le duelen más que un insulto.

—¿Por qué te exponés a sentirte así? Si vos no te cuidás a vos misma, nadie puede cuidarte.

Con los ojos nublados por las lágrimas, Lula vuelve a pedir perdón. Se apoya en su pecho, lo abraza. Y así se queda, sin hablar. Chris demora en corresponder el abrazo. Cuál es la sensación que lo perturba, no sabe. Pero se parece más a la condolencia que al despecho. Quizás por empatía, porque la ve quebrada. O porque el entusiasmo de verla es más fuerte que la confesión.

Después de unos minutos, ella se pone de pie y busca su bolso, pero Chris insiste en que se quede un rato más al menos. Le pregunta por sus hermanas y por Juani, por los cursos en el San Martín, y otra vez le cuenta de la consultora que planea montar con el amigo de Robert. Mientras habla, para cortar el clima se pone a liar un cigarrito de marihuana, hoy Lula prefiere abstenerse, y luego de fumarlo se distiende al punto que, una hora más tarde, la voz de Viki en el contestador lo toma por sorpresa, al tercer ring, diciéndole que lo extraña, que la pasó espectacular la última vez y espera ansiosa la hora de volver a verlo. De comprensivo a calavera en segundos, ahora el que siente culpa es Chris. Pero antes de que explique nada, Lula lo interrumpe: ya sabe, porque los vio, que está saliendo con la mina de Londres. No están saliendo, corrige Chris, es una relación sin compromiso. Viki sigue con su novio. Ella siente un puntazo de celos pero calla. No tiene apetito cuando Chris le ofrece comida, y cuarenta minutos después cae rendida en el sofá. Le quita las zapatillas y la cubre con una manta.

En la penumbra de la habitación, mientras ella toca el fondo de un sueño extenuado, él la mira sin dejar de fumar.

XVIII

GARY ENTRA A LA HABITACIÓN sin muebles y responde el teléfono. Está de buen humor, incluso le hace un chiste. Pero enseguida lo nota nervioso.

No pasa nada, minimiza Chris. Nada grave. Es sólo que, de unos días a esta parte, lo están siguiendo. No, no lo imaginó, está seguro. Al principio también él creyó que estaba poniéndose algo paranoico. Pero una tarde, después del trabajo, fue tan evidente que ya no le quedó ninguna duda. El tipo, cuando supo que lo había descubierto, se perdió ágil en la multitud. Chris estaba convencido: esas dos veces no fueron las únicas. Es un hombre de unos cuarenta años aproximadamente, uno solo, y aunque no pudo verlo bien le parece que se trata siempre del mismo. No, no podría reconocerlo. Eso sí: es castaño, de estatura mediana y pelo corto. No, nunca se le acercó ni le dijo nada. Tampoco lo acecha todo el tiempo. Es más, siempre fue cerca de su casa o del trabajo. ¡Por supuesto que ahora no lo siguió! ¿Qué se piensa, que es imbécil o qué?

Gary le pide que no se enoje. Y que no se confíe. Puede ser más de un perseguidor, probablemente también lo sigan cuando no se da cuenta. No sería raro incluso que lo engañen y lo induzcan a creerse capaz de distinguir cuándo andan tras sus pasos y cuándo no. Gary no tiene la respuesta a todo pero quizás el asedio se deba a su relación con la hija de Baldoria. O tal vez estén desorientados porque lo vieron con él y con otros periodistas y suponen que probablemente sepa algo. De cualquier forma, lo mejor es que se vaya de Argentina. Cuanto antes. Los tipos van a ponerse cada vez más nerviosos.

Chris no piensa irse. No aún. En todo caso cambiará de trabajo. Alejarse del Ministerio y del entorno de Totó, aunque no de Viki, obviamente, para tomar distancia de toda esta película de suspenso. Pero Gary le advierte que ya es tarde. Sería sospechoso buscar otro empleo justo ahora que empezaron a seguirlo. Y más que sospechoso sería estúpido. Eso lo pondría en evidencia. Definitivamente, no le conviene renunciar al Ministerio. Al revés, lo mejor es fingir que está tranquilo, evitar que noten nada raro.

Gary entra a la habitación donde está el escritorio y busca los Benson & Hedges. Detrás de él, al otro lado del *bow window*, una casa de ladrillos marrones, que las cuadras multiplican, se recorta en la rosada palidez del cielo.

—Todo igual —le dice— como de costumbre.

Que resuelva rápido lo que tenga que resolver y se lleve su hermoso culo lejos de Argentina. Bien lejos. Y rápido. Ante cualquier inconveniente, le reitera, debe recurrir a la embajada. Por eso, no estaría de más que tenga a mano el número. Por las dudas, Gary no le puede decir todo ahora, es preferible que no le dé mucho detalle, pero la data ya no está en sus manos. Y de un momento a otro va a ser noticia. Difícilmente pueda avisarle con anticipación, por eso tiene que estar atento. Ahora más que nunca. La publicación de la noticia, como se lo tiene dicho, es el *deadline* para irse del país.

Chris sale del locutorio y camina hasta la boca del subte. Nadie lo sigue. Toma un tren de la línea A, en dirección a Plaza de Mayo. Esos vagones de madera, que petulantes oscilan entre la antigüedad y el descuido, le producen ahora la misma fascinación que la primera vez. Pero ahora, además, los contempla con la nostalgia anticipada del exilio forzado. Porque ahora sí, no cabe duda, tiene que marcharse. Ya no confía en la suerte. Ahora sí, por eso, va a tener que decírselo aunque tal vez la asuste, incluso contra el miedo a perderla. Porque no decírselo ya sería, peor que un engaño peligroso, una demostración del egoísmo más estúpido. En Lima hace combinación con la línea C y sale a Plaza San Martín. Toma un taxi.

Entra a su casa y busca una cerveza. Esta noche o dentro de unas semanas, pero es hora de hacer la movida. Enciende el televisor y sintoniza los canales de noticias que repiten y a veces renuevan los títulos cada media hora. Son las siete en punto, justo, además, para la segunda edición de los noticieros de aire. Si el tiempo es poco, mejor aprovecharlo, se dice. ¿Cuánto le queda en Buenos Aires? Ella no va a estar menos lista ahora que dentro de un mes.

Con alivio, ni una sola referencia escucha sobre el soborno. Aunque alivio es lo que siente por las mañanas, cuando ya repasó los matutinos mientras escucha la radio, pues lo más probable, supone, es que la noticia la publique un diario y recién entonces la levanten los demás medios.

De unos días a esta parte es cada vez más inequívoca la premonición de esa señal anónima que va a decirle cuándo perderse a tiempo y sin hacer ruido. Pone el despertador a las 11 p. m. y se echa un rato antes de salir.

A medianoche baja del departamento y para confirmar que nadie lo sigue camina unas cuadras. Toma un taxi. Lejos de desalentarlo, el enredo en el que está involucrado multiplica su deseo de verla, como si ella fuera el estímulo o la dosis cotidiana que le permite sobrellevar la tensión. Por eso le parece oportuno contárselo después de ir al telo. A Chris los telos le gustan, sobre todo el Fantasy, cuyas habitaciones especiales, además de luces de colores, tienen espejos en el techo y la pared, o el Discret, también en Almagro, que hasta ofrece una suite con columpio. Sin embargo hoy preferiría la sobriedad y el confort de su *living* si no fuera por esos tipos, agentes de la Secretaría de Inteligencia según Gary, que tienen la mala costumbre de fotografiar domicilios ajenos. Los turnos en la mayoría de los telos de Buenos Aires son de dos horas. Y por un poco más de dinero se puede pernoctar.

Telo es hotel, al revés y sin la h, que por muda se jodió y quedó afuera, le había explicado Robert. Y es sinónimo de sexo cuando no de infidelidad, pese al pudor y disimulo de su nombre científico: albergue transitorio. En eso se parecen, según Robert, el argot argentino y el francés, en la manía de dar vueltas a las palabras.

Baja del taxi y antes de entrar a Lúdico vuelve a fijarse que nadie lo escolte.

—¿Otra vez a un telo? —pregunta Lula, sin arrinconarlo, aunque convencida de que no la lleva a su casa por Viki.

—Un telo, no: un hotel. En San Cristóbal.

Lula lo mira con incredulidad y no dice nada, mordiéndose el labio inferior, arqueando las cejas.

—Para estar más cómodos.

—¿Más cómodos que en tu casa?

Chris improvisa que su departamento tiene la apariencia deplorable de una trinchera, que levantaron los pisos para cambiar un caño. Ante el silencio de Lula, se desentiende de dar más explicaciones. Hasta que intuye la causa del recelo y decide contárselo antes de llegar al hotel porque supone que es la única forma de desactivar la sospecha. Sin abundar en detalles, por las dudas, le hace una síntesis de la situación.

—No puede ser —desconfía ella.

—Te lo juro.

—Me estás chamullando.

—Es la verdad.

—Jurame que no es una excusa, que no es por una mina.

—Te lo juro por mis padres.

—Y el periodista ese que decís, ¿ese es el que estaba con vos cuando te conocí?

—Sí.

—No lo puedo creer.

—Te lo juro.

—¿Siempre complicados me los tengo que buscar? Primero un ladrón y ahora un fugitivo. Por qué no puedo enamorarme de alguien común.

—Yo no soy un fugitivo —protesta Chris con orgullo, y pone el acento en la palabra «fugitivo» dándole vaya a saber qué connotación.

—¿Ah no? ¿Y qué sos entonces?

Chris impone distancia, no sin alguna ofensa en el tono, y pide que no se lo malinterprete ni se lo compare con criminales. Asegura que sólo es un Ingeniero en Sistemas, de casualidad metido en este embrollo, y que simplemente había hecho lo que un hombre tiene que hacer. A él tampoco le fascinaba vivir así.

Tres horas después, reconciliados en una habitación de San Cristóbal, Chris se acerca y le habla con determinación:

—Eso de los tipos que me siguen es verdad. Lo estuve pensando, varias veces, y no me queda mucho tiempo. Lo que quiero decir es que tengo que irme, quizás pueda volver dentro de unos años, pero ahora no puedo quedarme, es...

—¿Cómo que te tenés que ir?

—No hay otra salida.

—¿Y nosotros? ¿Qué onda, no nos vamos a ver más?

Lula se levanta de la cama y camina tres pasos, se detiene, se toma la cabeza. Y en ese acto reflejo a Chris le parece entrever una síntesis irrefutable de la diferencia entre Lula y Viki, como si esta actitud revelara hasta dónde estaría dispuesta a llegar cada una de ellas por él.

—Eso te quería decir... —dice Chris con estudiada lentitud, mientras busca y no encuentra las palabras justas—. Quiero que vengas conmigo.

—¿¡Eh!?

—De verdad, lo estuve pensando. Si venís conmigo sería lo mejor que me puede pasar.

—¿Pero y adónde nos vamos a ir?

—A Londres.

—¿¡Inglaterra?!

—¿Por qué no?

—Pero yo ni siquiera hablo inglés, Chris.

—Yo puedo enseñarte.

—Sí, pero no es tan fácil. ¿Cómo vamos a vivir allá?

—No te preocupes por eso. Yo consigo trabajo enseguida, es una profesión que se busca mucho. Y pagan bien. Con eso estamos cubiertos hasta que vos puedas trabajar.

—De qué voy a laburar yo en Inglaterra. ¿Y si no me gusta?

—Nos mudamos a España, ya lo pensé. Ahí no vas a tener problemas con el idioma, y tampoco vas a extrañar el sol. Yo puedo conseguir un buen trabajo en Barcelona o en Madrid.

—¿En serio me estás hablando?

—Nunca hablé más en serio. Quiero estar con vos, ¿entendés? Sea donde sea. Tenemos que intentarlo. Hace más de un mes me tendría que haber ido. Esperé hasta que estuvieras preparada, pero no me queda más tiempo. En cuanto se publique esa noticia me tengo que ir.

Otro silencio. Esta vez más extenso y meditado. Si no hubiera perdido la confianza en Viki, piensa Chris, si la hubiera visto decidida a dejarlo a Tomás, su deseo de acometer una relación con Lula quizás no habría crecido hasta la insensatez de lo que acaba de proponerle. Pero así ocurrieron las cosas, y fundado o no, su instinto lo empuja a llevársela con él.

—Escuchame, Lu, yo sé que me conociste hace poco, pero no podemos quedarnos con la duda.

Nueve segundos después, exagerando un presunto enamoramiento de años, como si apelara a una complicidad que mitigue su propia incertidumbre, Chris arriesga:

—¿O preferís pensar toda tu vida qué hubiera pasado?

—No sé, lo tengo que pensar.

—Prometeme que lo vas a pensar en serio.

—¿Y con Juani qué hago?

—Puede venir con nosotros —improvisa Chris en un acceso de patética irracionalidad, ofuscado por el énfasis que considera imprescindible para llevar a buen puerto ese lance.

—Cómo va a venir con nosotros, es un nene. Emilse me mata.

—Tenés razón, es verdad. Pero puede venir a visitarnos. Tus hermanas también.

—¿A Londres?
—Les mandamos los pasajes.

XIX

AUNQUE NO HUBIERA ninguna novedad, por más tranquilo que pareciera todo a su alrededor, Chris estaba atento. De una semana a esta parte nadie lo seguía pero igualmente llevaba, como le había aconsejado su amigo, dos números vitales. Adonde fuera. El de la embajada y el del consulado.

Le faltaban argumentos para establecer alguna relación de causalidad, pero desde que le había contado a Gary sobre el acecho no había vuelto a ver al perseguidor. Esto también, se decía, era suficientemente importante como para contárselo en el próximo llamado, pues si no se trataba de una simple casualidad, el hecho de que alguien hubiera escuchado lo que dijeron aquella vez significaría que la línea de su amigo estaba intervenida.

De todos modos, según había dicho Gary, probablemente fuera más de un tipo y lo siguieran cuando menos lo imaginaba. Quizá nunca habían dejado de hacerlo. Por eso no podía descuidarse y había tomado la decisión de estar siempre alerta. Como esa tarde cuando vio a Luca merodeando cerca de su casa.

De vuelta del Ministerio, había bajado del 152 en Marcelo T. de Alvear y caminado por Paraná en dirección al río hasta la plaza Vicente Lopez, donde había doblado a la izquierda. Su perspicacia recelaba de un agente secreto camuflado en la católica escenografía de la zona, buscaba una van o un coche sospechoso, un vagabundo, tal vez, o un improbable vecino. Pero Luca, esa fúnebre amenaza, definitivamente no existía en los cálculos.

Lo vio de perfil, unos metros adelante suyo, en la vereda de enfrente. Luca caminaba sin prisa, con la disimulada intención de registrar cada detalle. Llevaba un cuaderno o libreta que consultaba reiteradamente como si estuviera chequeando una dirección o una guía urbana. Chris se detuvo. Un kiosco de revistas fue el escondite más próximo que encontró. Le transpiraban las manos. Por imprudencia o instinto, más que por la estrategia de invertir roles, lo persiguió manteniendo un margen prudencial. Luca dobló en una esquina hacia Callao y a mitad de cuadra frenó para hacer una anotación en su cuaderno. Finalmente llegó a Callao y bajó por la avenida en el mismo sentido que los coches. Entonces Chris juzgó inútil exponerse y retomó el camino a su casa.

¿Cómo supo dónde vivía? ¿Le habría hecho algo a Lula? Tenía que hablar con ella ahora mismo. ¿O la habría seguido alguna noche sin que lo notase? Las preguntas se reproducían en su cabeza y no las podía contener. ¿Había venido para amenazarlo o directamente a pegarle un tiro? ¿Desde cuándo le pisaba los talones? Nunca hasta ese momento, ni siquiera en su especulación más fantasiosa, supuso que Luca podía andar tras sus pasos.

—Aunque sea por oposición, pero ni así. Ni siquiera eso.

Para Robert, como para todo profesor de Historia que se precie, aprender del pasado era un ejercicio ineludible, ejercicio que lamentablemente no se practicaba en esta república, protestaba, olvidadiza y terca, empecinada en un eterno retorno a fracasos previsibles.

Peor que aburrido, Robert estaba desanimado porque en lugar de construir sobre los aciertos ajenos para favorecer el desarrollo de un mercado enano y raquítico, los gobiernos decretaban volantazos a diestra y siniestra y de esta forma ocurrían, entre otras desgracias, la improvisación inútil y el derroche, que se manifestaban en una suerte de moda o exclusivismo de los recursos, cuya lógica podía resumirse en estos términos: A la mierda la industria; hoy mi negocio es el campo. Que se joda el campo; ahora son las finanzas. ¿No me rinden las finanzas? Hay que apostar a la industria. Como si no fuera negocio una estrategia pluralista, insistía Robert, como si una sola fórmula, astuta y magistral, lo hiciera todo posible.

Sin dejar de pensar en Lula y Viki, Chris escuchaba a medias el monólogo de su amigo. Pero Robert estaba lanzado y la circunstancia de tener por oyente a un extranjero agudizaba su afición a realizar concienzudos análisis de la actualidad local.

—Vo' ziempre diziendo coza' ¡ah! —Apareció Federico en la galería, impostando el acento rural del Interior del país—. Me lo vaz' aturdir al mozo, que no e' deztas tieshas.

—¿Cómo entraste?

—Caminando y con la frente bien alta. Como todo hombre de bien.

—Dale, boludo.

—Me lo encontré a don Zacarías.

—¿Trajiste hielo?

—Dos bolsas. ¿Qué hacés, Chris, todo en orden? ¿Te estaba quemando la cabeza este boludo, o me parece? Escuchame, Guevara —dijo dirigiéndose a Robert—, lo que está abierto es la tranquera de adelante.

—Sí, ya sé. Ahora cuando venga Roli la cerramos. Si no hay que ir y venir todo el tiempo.

—Tenés razón, y cuando tenés razón… Aparte ya debe estar por llegar Viki.

—¿Cómo? —pensó Chris en voz alta.

—¿Te dijo que viene, al final? —repuso Robert, sin inmutarse.

¿Al final? ¿Vos también lo sabías?, pensó esta vez para sí mismo.

—Hablé con ella hace veinte minutos. Va a traer más hielo y fernet —confirmó Federico.

Chris, que estaba en medio del campo, en Luján, precisamente para evitar a Viki, no quería creer lo que oía. Su plan, un fin de semana lejos y con amigos para permitir que sedimentaran las ideas y empezar a montar la despedida, de pronto se esfumó. Y así de pronto, como la niebla en Machu Picchu, el viraje le puso enfrente un abismo. Ahora que había vuelto con Lula, por no confundirse prefería no ver a Viki. Era una pulseada con sí mismo que no respondía a cuestiones éticas sino de instinto.

Para sorpresa de Viki, en el transcurso de la tarde Chris no se despegó de los chicos y evitó por todos los medios, algunos incluso pueriles, quedar a solas con ella. Antes de cenar, durante el breve lapso en que coincidieron en la cocina, lo notó incómodo y extrañamente reservado. Ella se le acercó a una distancia indiscreta mientras él cortaba ingredientes para una ensalada, pero la reacción que provocó esta maniobra fue aún más desconcertante. Con el argumento absurdo de aprender cómo se hacía un asado, Chris se apresuró por volver a donde estaban los demás. Si alguna cosa tuvo en claro Viki esa noche fue que Chris salía con otra mujer.

Luca andaba distraído. Así no podía trabajar, el barullo ese le estaba estropeando la vida. No lo dejaba concentrarse. Lula y ese «boludito» era lo único que tenía en mente todo el día. Y por más tiempo que pasara la cosa seguía igual. Así no podía seguir, se decía. O lo resolvía pronto o terminaba mal. De un balazo o en la cárcel. Porque así termina el que trabaja con la cabeza en las nubes. Por eso, para volver al bar y focalizarse en lo que estaba haciendo, le habló a Roche:

—Ponele que van a comer algo…, cuatro personas. ¿Cuánto gastan?

—Y…, calculale unos treinta pesos por pera. Treinta, treinta y cinco, más o meno'.

—'Tá. Ciento cuarenta, ponele.

—Pensá que yo fui con las chicas y gasté un cien. Así que la guita es más o menos esa.

—¿Con cuántas minas fuiste, boludo? —lo corta Núñez de mal genio.

—¡Eh, che!, ¿qué te pasa?

—¿Qué me pasa, boludo? ¡A vos qué te pasa, pendejo! Tenés que ir con una mina para no llamar la atención, y vos llevás no sé cuantas locas, mogólico, ¿en qué estás pensando?

—Bajen la voz, che —media Luca.

—¿Ves que hablás al pedo? Ni idea tenés y boqueás lo mismo. Estaba con dos amigas. ¿Y aparte cuánto hace que no salís? ¿Eh? ¿O pensás que ahora se sale sólo en pareja, pancho?

—Encima andá a saber los mamarrachos que llevó este ciruja —disparó Núñez al aire.

—Eso e' lo que vos creés, gil. ¿Qué te pensás, que salgo con las minas que te cogés vos?

Resetearse. En la vida hay que saber resetearse, y para no correrla siempre de atrás hay que intuir el momento oportuno. Esta era la conclusión de Chris, que estaba cada vez más convencido de irse con Lula. De hacerle caso a su intuición y apostar un pleno a esa historia reciente, sin mucho *pedigree* pero fluida, menos confusa, y sobre todo de una intensidad insospechada. Porque esto era lo que ahora sentía con nitidez. La fascinación de protagonizar su vida, sin depender de nadie, como si la relación con Lula de algún modo fuera más propia, más real o auténtica.

No hay que perder tiempo, preveía, camino a la iglesia ortodoxa rusa donde habían quedado, frente al parque Lezama. Mañana mismo lo tenemos que hacer, proyectaba, por el pasaporte, que era para Lula y cuya expedición demoraba quince días hábiles. Salvo que Lula presentara un pasaje de avión a su nombre o que Chris le gestionara un turno a través del Ministerio, indicio que no quería dejar para que nadie advirtiera que se iban juntos. O al menos para no facilitarles las cosas. Las anécdotas de Gary y sus colegas lo habían sugestionado. Y aunque su compatriota había dicho que difícilmente se meterían con ella, él optaba por no ahorrarse precauciones. Al contrario, estas previsiones mitigaban su paranoia. Aunque algunas le complicaran la vida, como la de llevar tres celulares: uno para uso exclusivo con Gary; otro, el que había comprado ayer para Lula, y el tercero, el único legal, para el resto de la gente.

Mirando por la ventanilla del 93, asiento individual al fondo, frente a la puerta trasera, planificaba: Lo mejor sería que viaje sola y que Gary la espere allá. Un disco de Gilda sonaba en sus auriculares plateados. Pero sola iba a ser difícil que se animara. Y suerte si lograba subirla a un avión, se decía, porque aún no la había convencido de irse.

Lo más difícil era la familia: contra esa renuncia no podía ofrecer más que consuelos. El cambio de idioma y de cultura eran circunstancias menores en comparación con el sacrificio de extrañar a Juani, Emilse y Haydée. Incluso el hecho de que jamás hubiera salido de Argentina era menos desventajoso, pensaba Chris. Y hasta podía incidir a su favor.

Lo que sin duda inclinaría la balanza de su lado era lo que había conversado con Gary ayer. Su amigo conocía a no pocos productores, algunos de confianza, que constantemente necesitaban bailarinas para videoclips de grupos que sonaban en MTV y otros canales de música en Europa.

Había pedido el día libre en el trabajo para consagrárselo a Lula, y pensaba llegar tarde o incluso faltar el siguiente. Quería disponer del mayor tiempo posible con ella, entre otras cosas, para inspirarle confianza. Demostrarle interés y reducir al mínimo el margen de error.

Bajó en el parque, antes de que doblara el colectivo, y retrocedió hasta Brasil. Lo de la iglesia ortodoxa se le había ocurrido a Lula, que últimamente lo citaba en puntos como el Instituto Sanmartiniano o la Biblioteca Nacional, sitios inabarcables para el imaginario de su novio, pues temía que le pegara un tiro. No a ella sino a Chris. O que le hiciera algo terrible si no llegaba a matarlo. Ese miedo la perseguía a toda hora, incluso por la noche en forma de pesadilla, desde que Chris lo había visto merodear cerca de su casa.

De la iglesia fueron derecho al hotel, un tres estrellas en Montserrat, donde estaban más a gusto que en un telo y donde Lula, una y otra vez, ponía en el discman de Chris la venerada voz de Gilda cantando «No me arrepiento de este amor». Hacían planes y hablaban de Londres por no pensar en la posible despedida. Una ansiedad impetuosa les trabajaba el ánimo. Antes de la cena Lula pasó por lo de Emilse a buscar su DNI y una copia de la partida de nacimiento para hacer el pasaporte, y volvió al hotel. Aunque no la notaba decidida a tomar un avión, Chris interpretó lo del pasaporte como una señal claramente favorable.

Al otro día, bien temprano, casi tres horas antes de la apertura, la fila en el centro de documentación de la Policía Federal impacientaba una vereda de Azopardo al 600. Paranoico, Chris había resuelto no entrar al edificio y se había llevado un *sweater* con capucha para hacer la fila. Lula se reía, contenta por el interés de Chris, entusiasmada con la ilusión de bailar en los videos de las bandas europeas. Y eso era sólo con respecto al trabajo, prometía Chris, porque aparte en Londres estaban las mejores escuelas de danza del mundo.

Habían llegado antes del amanecer, a las cinco y cuarto, y con suerte el trámite terminaría al mediodía. Chris aprovechó para insistirle que no lo llamara más al número de siempre, sino al nuevo, que era para usar exclusivamente con ella, y que el celular que le había comprado lo usara sólo para comunicarse con él.

A las ocho, cuando Lula entró al edificio de la policía, Chris fue a esperarla a un bar en México y Paseo Colón. Abrió el diario en la sección de política nacional. Ya casi está, se dijo, convencerla es cuestión de días.

XX

—Paula hace una fiesta en el Boating de San Isidro y me dijo que te invite, va' estar bueno.

—Te agradezco pero estoy cansadísimo.

—Dale, amargo.

—No, en serio.

—Dale, un rato nada más. Después hacemos lo que quieras.

—De verdad, necesito dormir.

—OK, como usted diga, abuelo. ¿Nos vemos mañana, entonces?

—Eee…, mañana se me complica.

—¿Ah sí?

—¿Qué te parece el domingo, después de la cancha?

—Imposible: cumple uno de los hermanos de Tomy.

—*Right. Mm…*

—Bueno, hagamos así entonces: paso ahora. Paso tipo diez, diez y media, y vamos a cenar, ¿qué te parece? A las doce estás de vuelta.

—¿Vos decís?

—Sí, no te preocupes. Yo después te dejo y sigo.

Chris estaba por emprender una siesta reparadora cuando oyó la voz de Viki en el contestador. Arrastraba el ajetreo de toda la semana y quería dormir un rato antes de verla a Lula, que esa noche terminaba tarde en el restaurante. Pero seguir eludiendo a Viki de esa forma lo perturbaba tanto o más que los servicios de Inteligencia. En algún momento tenía que plantarse, pensaba. Por más embarazoso que fuese.

Pintada hasta las uñas de los pies, Viki venía a revivir el pasado y poner las cosas en su lugar, a demostrarle, y demostrarse, que por mucho *glamour* que esgrimiera la otra, estaba segura de que él seguía con la modelo, entre ellas no había punto de comparación.

Pronto fue evidente, sin embargo, que no le resultaría tan fácil. El abrigo puesto, la mirada incómoda, Chris la recibió en la entrada con un simbólico beso en la mejilla, listo para salir. Al comienzo Viki no se dejó intimidar. Propuso ir a un restaurante «súper *cool*» y le preguntó por el proyecto con el amigo de Robert, como si nada, convencida de que estaba haciéndose el interesante.

Recién en la mesa lo asumió, el rostro de Chris no sugería nada bueno. En busca de mayor intimidad, de algún símbolo que remitiera a su primavera londinense, Viki quiso cambiarse a uno de los *boxes* que estaban contra la pared. Pero el último disponible, cuando ellos llegaron, ahora lo ocupaban dos hombres.

—¿Te acordás las noches en Bedrock? —rememoró ella, sin esforzarse por disimular su intención.

—Inolvidables.

—¡Por Dios, qué buenas estaban! Tendríamos que ir a escucharlo a Digweed alguna vez. Y cenar en el chino de Kentish, ¿te acordás?

—No era chino —la corrigió—. Vietnamita.

—Decime si no estaría bueno, algún día lo tenemos que hacer. Dar una vuelta por Chelsea, ir a Hyde Park, tomar unas Guinness. ¿Sabés lo que extraño? Te vas a reír: extraño Kentucky Fried Chicken. No entiendo por qué no hay un KFC en Argentina.

Por tantearlo, Viki dijo que no sería mala idea empezar a verse más seguido en Buenos Aires. Si es que no andaba muy ocupado y tenía un hueco en su agenda, porque últimamente al parecer estaba «a *full*». Tanto, agregó suspicaz y elocuente, que había llegado a plantearse si no era ridículo ponerse celosa de una agenda.

Entonces Chris, que aunque le pareciera absurda su aprensión juntaba coraje para contarle de Lula, sintió que había llegado la oportunidad y se lo dijo secamente, no sin algún remordimiento, como si Viki fuera su novia y esa parquedad hiciera menos dramático el anuncio. Cuidándose de no dar precisiones que la condujeran a Lula, confesó que estaba saliendo con otra mujer desde hacía unos meses. Y ante la desconfianza que suele caracterizar a la intuición femenina, tuvo que insistir para que le creyera que esa chica no era Carola ni otra modelo. Viki fingió compostura: aseguró que la revelación no la sorprendía, y con un gesto de suficiencia pretendió dar por superado el asunto. Pero la cara de Chris conservaba ese rictus de seriedad que presuponen las malas noticias.

—Espero que no te hagan escenas de celos por salir conmigo —sonrió algo nerviosa.

—De eso te quería hablar. No creo que sea bueno, ni para vos ni para mí.

—¿Cómo?

—Vernos de esta forma, quiero decir, no le va' hacer bien a ninguno.

—¿No nos va a hacer bien?

—A ninguno de los dos.

—A vos no te hará bien. A mí me hace fantástico.

—…

—No entiendo, ¿qué me querés decir?

—Que no nos expongamos a este desgaste. No tiene sentido.

—¿Desgaste?

—Así no te puedo preservar a vos, ni lo que siento por vos.

—¿De qué estás hablando?

—Y confunde más las cosas.

—Mirá vos, así que confunde más las cosas.

—Estar con ella y también estar con vos me hace mal.

—¿Qué pasa, no querés meterle los cuernos?

—Viki, por favor.

—A ver, dejame aclarar una cosa porque te juro que no entiendo. ¿Vos me estás planteando que no querés verme más a mí?

—Lo que yo digo es dejar de tener sexo, no dejar de verte.

—Bueno, gracias, no estoy tan mal entonces.

—*Come on, Viki, don't be sarcastic.*

—Así que ahora que estás con esa mina no querés coger conmigo. ¿Qué onda, te enamoraste?

—Viki, por favor.

—¿Y todo ese discurso del sexo libre? Eso de que cuando dos personas se atraen es inútil negarlo. Que acostarse con otra persona no significa querer menos a tu pareja. ¿Eh? La infidelidad y la naturaleza humana. ¿Te acordás de ese discurso?

Viki, de espaldas a la puerta, sigue diciéndole sus verdades cuando de pronto Chris ve, incrédulo, que dos tipos entran al restaurante con pistolas en la mano. Un segundo después la verdad de esta aparición, demasiado imprevista para no ser real, la confirma el alboroto de la gente. Y enseguida una orden:

—¡Arriba las manos, carajo! ¡Nadie se mueva!

Chris recorre con la vista el perímetro del local: no son dos sino cuatro delincuentes. Tres se dirigen a las mesas y otro, uno de los que habían ingresado sin que Chris lo percibiera, ya le pone una pistola en la sien al encargado, junto a la caja, en la otra punta del salón. Se mueven con autoridad, su gesticulación es impetuosa, experta, intimidante. Mandan bajar la mirada, insultan y vuelven a gritar que nadie se mueva; los van a cagar a tiros si no hacen lo que ellos dicen.

Roche, afuera, en el auto y con la Browning martillada, vigila que no asomen federales. Eso de estudiar el boliche y después hacer de vigía no le cierra. El volante no es lo suyo. Sería más serio, piensa Roche, que siempre fuera el mismo el que maneje.

Hacia las mesas del fondo encara Manija, hacia el sector más íntimo o escondido del local. Con una rapidez milimétrica, billeteras, anillos, brazaletes, collares, cadenitas, relojes, alianzas, mete todo en una bolsa de residuos color negro.

Luca, ya en la caja, observa cuidadosamente los movimientos del encargado y le ordena, apoyándole el caño de la .357 en la sien, que no se haga el pillo y ponga todo el dinero dentro del bolso que le acaba de dar. Detrás de él, Fusta se ocupa con eficacia de las mesas linderas. De un vistazo, sin desconcentrarse, Luca confirma que a su compañero sólo le quedan unas pocas por atender. Pero entonces oye que Manija, en el extremo opuesto del restaurante, tiene dificultades con unos clientes.

En su recorrido por las mesas, uno de los ladrones llega a la de Chris y Viki con una bolsa de plástico en la mano. El inglés entrega su billetera, un reloj Swatch y el teléfono, un Star Tac, y piensa con desahogo que los dos celulares que más le importan no los trajo. Pero del consuelo pasa al terror cuando Viki resiste una joya que le había regalado su abuelo y le grita ¡hijo de puta! al asaltante.

—¡El collar no! —chilla, y se deja caer al suelo entre sollozos.

Un segundo delincuente se aproxima.

—¡Qué pasa, carajo, la concha de su madre!

—¡Esta puta de mierda! —dice el primero—. No quiere darme el collar —y señala al piso con la pistola.

—¡La concha de tu madre, hija de puta! —la levanta el segundo— ¿vos querés morir ahora mismo?

—El collar no —suplica Viki.

El tipo la zarandea de un brazo y la encañona.

—Dejela, por favor, no la lastime —le ruega Chris.

—¡Vos callate, pelotudo! —responde el delincuente. Y le pega un culatazo con su Ballester Molina 11.25.

En uno de los *boxes*, el que estaba libre cuando Chris y Viki llegaron, dos hombres aprovechan la distracción para sacar y ocultar sus armas reglamentarias.

—Tranquila —le dice uno de los ladrones a Viki—. Tranquila, ya pasó. Está todo bien —y respetuosamente la rodea con un brazo a la altura del cuello. De un tirón, sin despeinarla, le arranca el collar y retrocede.

Viki suelta un alarido histérico y trata de agredirlo.

Núñez, que por fin tiene la oportunidad de convencer a sus compañeros y demostrarles que los viernes se factura mejor que sábados y domingos, se acerca de inmediato para brindarle apoyo a Manija.

Desde la otra punta del salón, luego de obligar al encargado a que pase de este lado de la barra y se eche al piso boca abajo, Luca ve que el Pelado carajea a los revoltosos y los reduce, como se debe, sin perder la calma. Se desentiende de ese contratiempo y empieza a apurar con el Fusta las mesas que quedan. Sin embargo uno de los clientes vuelve a retobarse contra Núñez. Ya hace más de dos minutos que entraron, calcula Luca, no pueden seguir demorándose.

—Aguantame que ahí vengo —le dice a Fusta, y enfila para donde está el barullo.

Chris lo ve que se dirige hacia ellos. Amaga con ponerse de pie y correr. No se anima. Involuntariamente, porque el vértigo de la acción lo supera, Chris le sostiene la mirada a ese delincuente que avanza sin quitarle los ojos de encima.

Viki intenta golpear al hombre que le birló el collar. Pero alguien se le interpone y le apunta a la cara con semejantes ganas de apretar el gatillo que le cuesta contenerse. Mientras reprime el impulso un balazo impacta en su cabeza, un balazo proveniente de los *boxes*, y el asaltante cae pesado y sin oposición, con la flaccidez del peso muerto. Viki y Chris se agachan. La gente llora, se arrastra, se esconde como puede.

El delincuente que había venido desde el sector de la caja para evitar más dilaciones se atrinchera detrás de la mesa de Chris y Viki. Ubica al adversario. Abre fuego. A voz en cuello le pide al cómplice que se encuentra en el extremo opuesto del restaurante, próximo a la salida, que cubra la puerta. Vuelve a disparar y esta vez hace blanco en la frente de uno de los dos sujetos del *box*. Rasando el suelo llega hasta su compañero abatido. Inútil. Da la orden de replegarse. Pero en la huida el otro tipo del *box* le acierta una descarga. El delincuente gira para responder el fuego y recibe un nuevo disparo. Exánime, su cuerpo robusto se desploma.

Luca se acerca para disuadir a los clientes que están retrasando el trabajo cuando escucha un tiro y ve que el Pelado Núñez cae feo, sin resistencia. Manija identifica el objetivo, repele la agresión. Luca se refugia tras una mesa. Fusta obedece la indicación de su jefe y corre a cubrir la salida, desde la puerta controla el resto del local. Luca abre un segundo frente contra el fuego enemigo.

En la calle, Roche oye las detonaciones y vigila ansioso desde el auto, mientras repasa mentalmente la ruta de escape.

Ahora que Manija lo cubre y amaina la balacera en su contra, Luca mide a uno de los tipos y lo baja. Ya hace como cinco minutos que entraron, piensa, en cualquier momento va a aparecer la policía. Cuerpo a tierra se desliza un metro, hasta donde yace el Pelado Núñez. El derrame encefálico es irreversible.

—¡Agarren las bolsas, che! —ordena con voz imperturbable y firme, profesional.

Luca, Fusta y Manija salen con el botín y suben al coche. Roche baja por Callao hasta Libertador. Huyen del barrio de Recoleta. Nadie los sigue. Libertador, Alcorta, Cantilo, General Paz.

En un restaurante del barrio de Las Cañitas, del que acaban de escapar dos criminales anónimos, Chris abraza a Viki, que está en estado de *shock*, y por encima de su hombro mira hacia los *boxes*, donde uno de los tipos que resistieron el asalto intenta sin suerte reanimar a su compañero. El hombre, de unos cuarenta años aproximadamente, se da vuelta para confirmar que la hija del diputado esté a salvo, y se topa con la mirada del amigo y compatriota del periodista inglés que investigaba sobre la compra de los radares. Entonces Chris lo reconoce: ese morocho de estatura mediana que lo observa fijamente es el tipo que lo estuvo persiguiendo, el mismo que, según Gary, debe trabajar para los servicios de Inteligencia.

XXI

EL MOROCHO, tras sostenerle la mirada a Chris, como si esta vez no le importase que lo identifique, le pidió al encargado del restaurante que llamara a la policía. Aunque acababa de perder a su compañero, no se lo notaba nervioso. Cuando llegaron los móviles de la seccional 31ª se acercó a los agentes y los saludó. Se dirigió a ellos con confianza y hasta con algún aire de superioridad. Ésta fue la última imagen que Chris tuvo del tipo, porque enseguida desapareció en medio del caos como si un salvoconducto le permitiese, sin más explicaciones, dejar la escena del crimen.

Luego de que Viki y Chris prestaran declaración, cuando los policías supieron que era hija del diputado Baldoria, el oficial a cargo del operativo dispuso que un patrullero la llevase hasta su casa, con su amigo, y le ordenó a un agente que los escoltase en la 4x4 de la chica, aún demasiado alterada como para conducir.

Tomás y Totó, avisados por efectivos de la comisaría interviniente, los esperaban en la puerta del edificio. El encuentro resultó surrealista. Chris agradeció que le prestaran $20 pero declinó más ayuda, y aprovechó la confusión para despedirse. Buscó un teléfono y marcó el número de Lula, que estaba en Lúdico, aburrida y preocupada, donde debían haberse encontrado hacía más de una hora.

Paró un taxi. El efecto residual de la conmoción seguía trabajándolo. Aunque quería pensar en otra cosa, cada dos cuadras volvía a preguntarse cómo debía interpretar la bravuconada del morocho. Le pidió al taxista que aguardara mientras subía a buscar algo a su departamento, apuró las escaleras, se dirigió al *living*, guardó dinero y cannabis en un bolsillo, los celulares en otro, bajó precipitadamente a la calle y le indicó el camino más rápido para llegar al bar. El hecho de que el sujeto, lejos de ocultarse, lo hubiese mirado fijamente había sido poco menos que una provocación.

Lula adivinó el pánico en su rostro apenas lo vio venir. Él no sabía por dónde empezar. Como pudo, hizo una síntesis del asalto y de la conversación con Viki. Y subrayó la novedad: por primera vez su perseguidor había dado la cara. Asustado por el tiroteo, nunca había visto tan de cerca la muerte, y por la actitud desafiante del morocho, Chris le planteó a Lula que ya no le quedaba margen. Había llegado el momento de tomar una decisión.

Los periódicos, al día siguiente, registraban un atraco a un restorán de Recoleta en el que había resultado abatido el delincuente Raúl Eusebio Núñez, de 43 años de edad, con antecedentes penales, y un oficial retirado del Ejército. Pero dedicaban más espacio a la cobertura del otro asalto, ocurrido en un restaurante de Las Cañitas casi en simultáneo con el primero, en el que habían muerto dos ladrones y un agente de la Policía Federal que intentó impedir el robo.

La Nación, Clarín y *Crónica* apuntaban la sustracción del dinero recaudado y las pertenencias de los clientes, y señalaban que el agente caído estaba de franco. Sin embargo, ni una palabra referían acerca de su compañero.

¿Por qué la prensa sólo hablaba del policía muerto?, se preguntó Chris. ¿Por qué no mencionaba que fueron dos hombres los que se tirotearon con los delincuentes? Buscó un locutorio y llamó a Londres.

Según Gary, la omisión respondía a una regla elemental de todo servicio secreto: mantener encubierta la actividad de sus espías. Por eso no iba a encontrar ninguna alusión al segundo hombre en los diarios. Ni en los registros oficiales de la comisaría donde se había realizado la denuncia. Gary estaba seguro de que el policía muerto no era policía sino agente de Inteligencia.

El lunes a primera hora Chris llamó al trabajo, explicó que había vivido una situación traumática y pidió una breve licencia. Ese tiempo lo emplearía para organizar el viaje y convencerla a Lula. El *shock* emocional sumado a la ruptura con Viki le serviría de excusa para explicar, llegado el caso, la decisión de abandonar abruptamente el país. O al menos eso supuso. Por ingenuo o paranoico. Porque aunque no deseaba mantener el vínculo con Totó le parecía conveniente plantar indicios que justificaran su repentina ausencia.

Lo primero fue estudiar los días y los horarios de los vuelos. En la medida de lo posible, el plan consistía en tomar uno directo a Londres. O alguno que hiciera escala en otra ciudad europea antes de tocar suelo inglés. Anotó el cronograma de todas las compañías que volaban al Reino Unido y también combinaciones alternativas: Canadá, Estados Unidos, México, Brasil, Venezuela. Comprar el pasaje sobre la hora siempre supone el riesgo de no encontrar asiento disponible. Sobre todo si se trata de dos pasajeros.

Después de barajar las opciones contactó a Lula, y ella dispuso que se vieran en el Instituto Sanmartiniano. Muy a su pesar, dijo Chris, el viernes de la próxima semana tenía que embarcarse en un avión y volver a Londres, con o sin ella.

Los días sucesivos fueron para Lula un dilema, pesado y culposo, acentuado por la conversación que tuvo con Emilse y Haydée. Como ella preveía, sus hermanas reaccionaron de manera disímil. Más racional, Emilse era más práctica y menos dada a la sensiblería. Tras un extenso interrogatorio, destacó las virtudes de un hombre como Chris y la alentó para que se fuera con él. Si el plan no resultaba según lo previsto siempre habría tiempo para tomarse un avión de regreso. Por lo poco que lo había conocido y por lo que acababa de enterarse con respecto al soborno, en la compra de radares, Emilse no tenía dudas de que Chris podía ser un compañero extraordinario. Además, ¿qué obligaciones la ataban a Buenos Aires? Indefectiblemente, en algún momento iba a tener que seguir su camino. ¿O pensaba alternar para siempre entre su casa y lo de Haydée? Juani ya iba a hacer su vida cuando creciera. Por eso el consejo de Emilse era que se dejara de sentimentalismos y probara suerte en Europa.

Haydée, en cambio, respondió con nerviosa incredulidad al principio, después con disgusto. Le preguntó si no era suficiente lo que ya habían sufrido, en alusión al abandono del padre y la muerte de la madre, y qué pensaba hacer si las cosas no salían como había soñado. Era obvio que iba a sentirse sola en Inglaterra, ni siquiera hablaba inglés. Este discurso, desde luego, la desalentó. Pero el dedo en la yaga vino cuando le dijo que era una locura alejarse de la familia por correr detrás de un macho. Juani, Emilse, Ramón, ella misma: todos la extrañarían.

Lo peor, no obstante, fueron las lágrimas de su hermanito la tarde en que Lula y Emilse, a dúo, se lo dijeron después de la escuela. Se puso a llorar y se encerró en su pieza. Y no hubo forma de convencerlo de que era exagerado creer que no iba a volver a verla nunca más.

El viernes clarea despejado y Chris, amanecido, perturbado, se levanta del sillón con cierta sensación de irrealidad. La noche, que le había resultado eterna, se replegó de un momento a otro, y una luz irrevocable le enrostró la noción de que éstas eran sus últimas horas en Argentina. Se acerca al ventanal del *living*. El deseo de permanecer en el país se contradice con la impaciencia por estar ya mismo con Lula en Gran Bretaña. Se ducha, desayuna una cerveza y acomoda el discman y los celulares en el bolso de mano, su único equipaje. Enciende un cigarrillo. La incertidumbre y la ansiedad lo trabajan parejo. Como si fuera un periodista en la redacción de una agencia, sintoniza la radio y al mismo tiempo el televisor. No escucha ninguna alusión a la compra irregular de radares. Destapa otra cerveza. Con una mezcla de desahogo y nostalgia, cae en la cuenta de que ya se había acostumbrado al fatigante vértigo de estar pendiente de las noticias. Revisa su modesto bagaje y recorre el departamento en busca de algo imprescindible que tal vez haya olvidado empacar. En cuanto compre los pasajes, se dice, tiene que avisarle a Gary para que los recoja en Heathrow. Se sienta en el sillón. Otro cigarrillo. Consulta varias veces el reloj antes de autorizarse a salir de casa. Por fin se ata a la cintura la riñonera que contiene el pasaporte, la tarjeta de crédito y más de tres mil dólares en efectivo. Mientras atraviesa el palier se complace de haberle dejado una copia de las llaves a Robert: una vez establecido en Londres le pedirá que le despache sus pertenencias. Cierra la puerta del edificio y se promete que algún día volverá a transitar estas pintorescas veredas revestidas con baldosas que tanto le llamaron la atención en sus primeros paseos por Buenos Aires. Camina unas cuadras, confirma que nadie lo sigue. Para un taxi. Se pregunta qué estará haciendo Lula, y la imagina despidiéndose de Juani y sus hermanas. El aeropuerto se encuentra al sur de la ciudad, pero Chris le indica al chofer que se dirija hacia el norte. La miscelánea de arquitecturas que desfila por la ventanilla del coche le parece, de algún modo, una síntesis de la identidad porteña y de ese impreciso rasgo de familiaridad que le permite sentirse a sus anchas. Detrás de las torres que se alzan sobre las avenidas Las Heras y Puyerredón, reconoce Chris, se ubica la plaza adonde los arrimó el Morsa aquella noche cuando decidió ir hasta ese boliche en Lugano a reconquistar a Lula. El recuerdo lo entusiasma y planea revivirlo con ella durante el viaje. Pocos minutos después, la verja con faroles del Jardín Botánico le proporciona la absoluta certeza, tan absoluta como inexplicable, de que sólo se tratará de una ausencia transitoria. Deja de lado las digresiones, se concentra en el itinerario. Baja en Pacífico. Cruza la avenida Santa Fe y entra en la boca de subte de la estación Palermo. Mientras compra el cospel se dice que quizá sea absurdo todo ese recorrido para burlar a un eventual perseguidor. Pero ya es tarde. En la estación 9 de Julio combina con la línea C y baja en Moreno. Sube las escaleras salteándose un escalón a cada paso y sale a la intersección de las avenidas Bernardo de Irigoyen y Belgrano. Cruza la 9 de Julio, la avenida más ancha del mundo. Nadie lo sigue. Otro taxi:

—A Ezeiza, por favor.

El Fiat Duna bicolor trepa un puente y desanda una autopista rodeada de edificios que abre un corte transversal en el ejido urbano, la misma que hace dos años lo recibía a Chris embozada por la niebla y le deparaba un robo con arma de fuego.

En lo de Haydée, con los ojos empañados, Lula termina de hacer la valija y piensa en Juani. Guarda una foto del «enano», el crucifijo que su madre le regaló antes de morir, y barre las lágrimas que le caen por las mejillas.

—¿Todo bien? —le pregunta su hermana.

—Todo en orden —miente Lula. Deja el equipaje y el abrigo junto a la puerta y vuelve a la cocina. Busca el sifón y se sirve un vaso de soda. Más de cuarenta minutos faltan para que pase el remise que la llevará al aeropuerto.

Haydée se acerca y la toma de las manos:

—Luli, tranquila, mi amor, relajate. No tenés que hacer nada que no quieras. Nadie te obliga. Si te arrepentiste todavía estás a tiempo. Y si no, tenés que estar contenta. Mirá, Juani va a estar bien, de eso te podés quedar tranquila, viste cómo son los chicos, y por mí no te preocupes. Vos sabés cómo soy, después de unos días se me pasa. ¡Seguro que soy la primera en ir a visitarte!

Lula le da un beso y la abraza y está a punto de decirle que la quiere cuando suena el timbre.

Chris llega al aeropuerto y se dirige al mostrador de British Airways. Aún quedan pasajes disponibles para un vuelo a Londres, el BA 2266, sin escalas. Brillante, piensa, no van a tener que recurrir a las combinaciones alternativas. Sale a fumar y se calza los auriculares. En el discman tiene los temas favoritos de Lula.

Vuelven a tocar timbre en la casa de Haydée. Lula mira el reloj sobre la alacena, como si existiera la posibilidad de que fuera más tarde de lo que había pensado, pero no se confundió: faltan treinta y siete minutos para el remise. Se asoma a una de las ventanas laterales y ve el coche de Luca. ¡No puede ser, justo ahora!, se dice, y enseguida lo deduce y mira a su hermana.

—¿Qué querías que hiciera? —se justifica Haydée—. Hace un montón que te está buscando. Ya no sé qué excusa meterle. Dice que tuvo un problema en el laburo, un problema serio, me dijo, y que eso lo hizo pensar mucho en vos. Me pidió por favor que necesitaba verte.

—No le habrás dicho nada del viaje, ¿no?

—¿Estás loca, nena, cómo le voy a decir eso? Si querés salgo y le digo que no estás.

Lula camina inquieta, titubeante, y el timbre suena otra vez.

—Le digo que saliste.

—No, no, dejá. Yo me ocupo.

Lula sale a la vereda y sin darle un beso lo saluda, manteniendo la distancia.

Luca descuenta un paso y se detiene. Mira hacia el piso al hablar.

—Yo sé que hice muchas cagadas. Pero necesito que hablemos. Yo…, en todo este tiempo estuve pensando mucho, ¿sabés? Y me di cuenta…, me di cuenta que no quiero perderte, yo…

—Luca, eso ya lo charlamos, no vale la pena.

—No, en serio, necesito que me escuches. Por favor te lo pido.

Sentado a la vera de la dársena en la que los taxis incesantemente descargan y recogen pasajeros, Chris presiona la tecla *play*, cierra los ojos para apagar ese bullicio y pita entusiasmado. El disco de Gilda que Lula se olvidó en su departamento es el que más escuchó en las últimas cuarenta y ocho horas.

Chris relaciona la letra de la canción con la intensidad y la irracionalidad de su romance con Lula y piensa que es cursi pero cierto: pase lo que pase, él tampoco se arrepiente. Un amor así no se vive todos los días, se dice, y los días pasan y no vuelven.

Luca y Lula suben al Golf con vidrios polarizados y estacionan a la vuelta de lo de Haydée.

—Yo sé que siempre me bancaste, siempre estuviste en todas. Y sé que te tengo que pedir perdón. Estar conmigo no es fácil, un tipo que tiene un laburo así, que no puede estar todos los días. Y yo encima sé que fui un poco desprolijo.

—¿Un poco?

—Zarpado de desprolijo, tenés razón, ya sé. Pero eso no va a ser más así, te lo juro. Yo… yo cambié mucho estos días. De verdad. Lu, mirame, no estoy chamullando, te juro que esta vez va en serio. Me di cuenta de algunas cosas, bocha de cosas que antes no veía y que ahora las tengo claras, ¿sabés? Quiero bajar un cambio, basta de pelotudeces, quiero que estemos juntos, disfrutar de la vida como la gente común. Y vos sos todo para mí. Sos lo más importante. Me tenés que creer.

—Te creo, Luca, pero tendrías que haberte dado cuenta antes.

—Ya sé, tenés razón. Pero nunca es tarde para cambiar. Eso me lo enseñaste vos, ¿te acordás? Cualquiera puede cambiar mientras esté vivo. Hasta el más ciruja. No importa lo que hiciste, el tema es estar convencido. Y yo sé lo que quiero. Llega un momento que te decís esto es lo que hago y qué gano con esto, ¿para qué me sirve? A mí me cayó la ficha que todo lo que tengo, todo todo, guita, coches, pilcha, viajes, pantallas gigantes, los equipos de audio, todo eso no me sirve de nada si no te tengo a vos.

Ansioso, Chris sigue pendiente del reloj y del horario del vuelo. Quince minutos le quedan para comprar los pasajes y hacer el *check in*. Quince, ni uno más. Saca el teléfono y marca otra vez el número de Lula. Pero una grabación le informa por enésima vez que el celular al que llama está apagado o fuera del área de cobertura.

—¿Sabés cuántas veces me dijiste lo mismo? Y yo como una boluda te creí.

—Ahora es distinto —insiste Luca—, te juro que cambié.

Lula baja la cabeza y mira la alfombra de goma.

Con confianza, Luca le alza la mejilla y la mira a los ojos en un intento por conferirle mayor poder de persuasión a su discurso.

—Hace meses que lo único que pienso es en vos. Ya casi ni salgo. Ni boliches, ni fiestas, no hago ninguna. Te juro que esta vez yo… Los otros días hubo bardo en un laburo, lo pusieron al Pelado. Estaba adelante mío cuando se la dieron. Y eso me hizo pensar, ¿entendés? Hacía meses que el Pelado venía rompiendo las bolas con laburar un viernes, estaba porfiado que los viernes se factura mejor. Y justo cuando le dimo' el gusto… ¿podés creer? Todavía me acuerdo el gesto que me hizo antes de entrar. Lo que preciso que entiendas es que eso me hizo ver las cosas distintas. Sos lo mejor que tengo, Lu, y no quiero perderte. Esta vez va en serio, hago un poco de filo y me abro. Tengo un montón de ideas para el futuro. Te necesito.

Chris mira el reloj y deja caer el peso de la frente sobre la palma de su mano. El vuelo de British Airways ya despegó con destino a Londres y, peor aún, el celular de Lula sigue desconectado. Ya hace más de una hora que debería estar ahí. Se levanta y camina sin rumbo por la terminal. Otra vez ese vacío y la desolación como aquella noche en Gatwick, hace casi siete años, cuando Viki abandonó el Reino Unido y lo dejó solo en la gélida oscuridad londinense.

Guarda los discos y los auriculares en el bolso y sale a fumar la derrota. Por más ridículo que le parezca en este momento, se había convencido de que Lula era capaz de resignar todo por él. ¡Qué patético iluso!, piensa, y saca del pantalón una hoja con las combinaciones alternativas. Estudia los vuelos escritos en esa hoja y sigue sin poder asumir lo que le está ocurriendo. Su carácter sajón le sugiere volver a la ciudad, acometer el último esfuerzo, persuadirla. Pero finalmente desiste.

Resignado y con angustia, y tal vez con razón, concluye que no vale la pena insistir. Es inútil que lo acompañe si no está decidida. Apaga el cigarrillo, se sienta en las baldosas junto a uno de los accesos al sector de mostradores. La gente lo observa con desaprobación. Entonces la ve a Lula, que en el otro extremo de la dársena baja de un remís con una valija y entra al *hall* central como si estuviera a punto de cruzar una línea sin retorno. Chris se levanta, ingresa al vestíbulo, corre hacia ella, balbucea su nombre, lo grita más fuerte, sin disimulo, exultante. Lula suelta la valija, lo abraza, se besan, y en ese abrazo mudo Chris siente que más de setecientos días en esta metrópolis del hemisferio sur tuvieron finalmente sentido.

A bordo de un vuelo de KLM, con escala en Ámsterdam antes de tocar suelo inglés, Lula le pide a Chris el discman, saltea canciones hasta dar con *No me arrepiento de este amor*, lo toma de las manos. Abajo, Buenos Aires es esa mancha engañosamente pequeña, cada vez más insignificante a medida que el avión se adentra sobre el mar. Chris reclina la cabeza en el asiento. Al final nunca aprendió a bailar tango, se reprocha. Otra materia pendiente. Atrás quedan las conversaciones con Robert, las salidas con Federico, las anécdotas de Gary y sus colegas, las excursiones urbanas con Natalia, los paseos con Lula, los domingos en la cancha. Un tumulto de escenas se le viene encima, desordenadas, caprichosas, que en ciertos casos preferiría omitir como el asalto al restaurante o las discusiones con Viki, y en el ojo de ese torbellino mental lo atiza una efervescencia equivalente al desahogo o al triunfo cuando la mira a Lula y repara en que al fin se libró de la amenaza de Luca, en que ya no deberá preocuparse por el acoso del presunto agente secreto.

Se endereza y le pide a una de las azafatas los diarios argentinos. Lee la sección de política nacional. Ni una sola línea con respecto al soborno en la adquisición de los radares y tecnología de punta para la Secretaría de Inteligencia. Chris se pregunta si Totó, que jamás le hizo ningún comentario en ese sentido, sabría de su vínculo con Gary y que él mismo estaba al corriente del negociado. Le parece una hipótesis tan razonable como el hecho de que Viki lo considere un traidor cuando se publique la noticia y todo el peso de la condena social caiga sobre el apellido Baldoria. Aunque su único aporte a la investigación, supone Chris, haya sido informarle a su amigo de la reunión con empresarios franceses en el *country* del diputado, Viki va a sentirse engañada.

Una nube con forma de zorro asoma en el rectángulo de cielo que enmarca la ventanilla. Mejor pensar en Londres, se dice Chris. El plan consiste en alojarse uno o dos días en casa de Gary y luego subir a lo de sus padres, al norte de Inglaterra, donde la vida es menos costosa y él cuenta con la posibilidad de hacer base mientras asiste a entrevistas para conseguir trabajo en la capital. Además Lula puede invertir ese tiempo, proyecta, en estudiar el idioma y comenzar la primera etapa de una adaptación que sin duda será muy gradual. Lo inquieta la probabilidad de que no se acostumbre a los usos ni al clima, la paciencia que le demandará el esfuerzo de tejer amistades en una lengua desconocida. Vuelve a mirarla y ella le sonríe.

—¿Qué pensás —pregunta Lula.

—En cuanto alquilemos departamento en Londres —dice Chris— hacemos un curso de tango.

XXII

En la periferia de Manchester, dos semanas después, en una de esas modestas casas de ladrillo a la vista que habitan las familias *working-class,* Lula conversa con la madre de Chris y toma té con leche. Valiéndose de la mímica no menos que de su incipiente y rústico inglés, y asistida por Chris en la traducción de voces y giros rioplatenses, le cuenta acerca de Juani y sus hermanas y le describe minuciosamente su pasión por el baile a esta señora cordial que la escucha y le habla con paciencia, decidida a enseñarle el idioma, y que demuestra un interés particular por la murga. Ella también tuvo un pasado artístico, le confiesa, aunque su hijo lo ignore, como actriz de reparto en una compañía de teatro itinerante de Yorkshire. Precisamente en aquella época de austeridad, antes de que pudiera permitirse estudiar para convertirse en maestra de escuela primaria, fue cuando conoció al padre de Chris, un hombre reservado que por entonces ya trabajaba en la fábrica textil en la que acababa de jubilarse. La madre de Chris sonríe y le pregunta a Lula si el hijo había sido tan tímido como el padre a la hora del primer encuentro. Pero Chris interviene en el diálogo y la respuesta queda trunca. Una luz pálida, anémica, entra al *living* de la casa de sus padres, donde vinieron a recalar provisoriamente. La hermana de Chris sale de la cocina y le alcanza el teléfono inalámbrico:

—*That's for you, C.*

—*Hello.*

—¡Hola, Chris!

—¿Viki?

—Adiviná qué, acabo de aterrizar en Londres.

Cumbia para un inglés de Nicolás Goszi
se terminó de imprimir y encuadernar
en febrero de 2013 en Quad/Graphics Querétaro, S. A. de C. V.
lote 37, fraccionamiento Agro-Industrial La Cruz,
Villa del Marqués QT-76240